纯美儿童文学读本
给孩子的阅读计划

冬天的树

曹文轩 主编

北京理工大学出版社
BEIJING INSTITUTE OF TECHNOLOGY PRESS

版权专有　侵权必究

图书在版编目（CIP）数据

冬天的树 / 曹文轩主编. — 北京：北京理工大学出版社，2018.7（2020.11 重印）
 ISBN 978—7—5682—5570—7

Ⅰ. ①冬… Ⅱ. ①曹… Ⅲ. ①儿童文学－作品综合集－世界 Ⅳ. ①I18

中国版本图书馆 CIP 数据核字（2018）第 075883 号

出版发行 / 北京理工大学出版社有限责任公司
社　　址 / 北京市海淀区中关村南大街 5 号
邮　　编 /100081
电　　话 /（010）68914775（总编室）
　　　　　（010）82562903（教材售后服务热线）
　　　　　（010）68948351（其他图书服务热线）
网　　址 /http://www.bitpress.com.cn
经　　销 / 全国各地新华书店
印　　刷 / 定州启航印刷有限公司
开　　本 /880 毫米 × 1230 毫米　1/32
印　　张 /4.75　　　　　　　　　　　　　责任编辑 / 刘永兵
字　　数 /60 千字　　　　　　　　　　　　策划编辑 / 张艳茹
版　　次 /2018 年 7 月第 1 版　2020 年 11 月第 5 次印刷　责任校对 / 周瑞红
定　　价 /32.80 元　　　　　　　　　　　　责任印制 / 施胜娟

图书出现印装质量问题，请拨打售后服务热线，本社负责调换

在国际安徒生奖颁奖典礼上

他们自如地穿越于课内课外的书本世界,在紧张与轻松之间,在喧嚣与恬静之间,在现实与浪漫之间,他们显示出一番潇洒的派头。

——曹文轩

序

——曹文轩

这是一套品质上乘的读本。选者是在反复斟酌、比较之后，才从大量的作品中挑选出这些作品的。无论长短，无论体裁，一篇是一篇，篇篇都是经典或具有经典性的作品。这些作品有正当的道义观，有很高的审美价值，字里行间充满悲悯情怀。在写作上也很有说道之处。当下用于学生阅读的选本很多，但讲究的、能看出选者独特眼光的并不多。这套读本的问世，将给成千上万的读者提供值得他们花费宝贵时间的美妙文字。

我一直在问：语文的课堂到底有多大？

我也一直在回答：语文课堂要多大有多大。

一个学生如果以为一本语文课本就是语文学习的全部，那么他要学好语文基本是不可能的，语文课本只是他语文学习的

序

一部分，甚至可以说是很有限的一部分。他必须将大量时间用在课外阅读上。语文学科就是这样一门学科：对它的学习，语文课堂并非是唯一空间。而其他的学科——比如数学，也许只在课堂上就可以完成学习任务了。语文的功夫主要是在堂外做的。同样，对于一个语文老师而言，他要教好语文，如果只是将精力全部投放在一本语文教材上，以为这就是语文教学的全部，他也是很难教好语文的。语文是一座山头，要攻克这座山头的力量来自其他周围的山头——那些山头屯兵百万，一旦被调动，必将攻无不克、战无不胜。我去各地的学校给老师和孩子们做讲座时，多次发现，那些语文学得好的孩子，往往都有一个很好的语文老师，而这些语文老师的教学方法有一共同之处，这就是让学生广泛阅读优质的课外读物。我甚至发现一些很有想法的老师采取了一个不免有点极端的做法：将语文课本一口气讲完，将后面本属于语文课的时间全部交给学生，让他们进行课外阅读。在他们看来，对语文知识和神髓的领会，是在有了较为丰富的课外阅读之后，才能发生；一册或几册语文课本，是无法帮助学生形成语感的，也是无法进入语文文本的深处，然后窥其无限风景的；解读语文文本的力量，语文文本本身也许并不能提供。

序

因此，无论是对学生而言，还是对老师而言，都需要拿出足够的时间用于阅读《纯美儿童文学读本》这样的书。这种阅读很值得。

这套读本将文本的审美价值看得十分重要，冠之"纯美"二字，自有它的道理。审美教育始终是中国中小学教育的短板。而学校是培养人——完人的地方。完人，即完善的人，完美的人，完整的人。而完人的塑造，一定是多维度的。其中，审美教育当是重要的维度之一。当下中国出现的种种令人不满意的景观，可能都与审美教育的短板有关。在我们还没有找到一个恰当的、行之有效的方法之前，让学生阅读那些具有审美价值的作品，也许是一个不错的选择。

美的力量绝不亚于知识的力量、思想的力量，这是我几十年坚持的观念。我经常拿《战争与和平》中的一个场面说事：安德烈公爵受伤躺在了战场上，当时的心情四个字可以概括——万念俱灰，因为他的国家被拿破仑的法国占领了，他的理想、爱情，一切都破灭了，现在又受伤躺在了战场上，现在就只剩下了一个念头：死！那么是什么力量拯救了他，让他又有了活下去的欲望和勇气？不是国家的概念、民族的概念，更不是政治制度的概念（沙皇俄国政治制度极其腐朽），而是俄罗斯的天空、森林、草原和河流，即庄子所说的天地之大美，是美的力量让他挺立了起来。

因此，美文是我们这套选本最为青睐的。

为了让这套书能有助于培养学生的人格品质和提升语文学习能力，特地邀请了一些特级语文老师和一些著名阅读推广人参加了这项工作。他们不仅不辞辛劳地从浩如烟海的作品中"打捞"优秀文本，还对作品进行了赏析和导读。因为他们从事的职业是语文教育，他们对文本的解读，与一般评论家的评论相比，有着很大的区别。他们的关注点往往都与语文有关，在分析和评论这些文本时，"语文"二字是一刻也不会忘记的。他们有他们的解读方式，他们有他们进入文本的途径，而这一切，也许更适合指导学生阅读，更有利于学生的语文学习。

这套书的生命力，是由这套书所选的文本的生命力决定了的。这些文本无疑都是常青文本。

曹文轩

2018年1月17日于北京大学

目 录

一、溃散的黑暗
溃散的黑暗　赵丽宏 / 著　　　　　　　　　　| 002
伟大的日子（节选）　（美）海伦·凯勒 / 著　　| 009
盲孩　（英）柯莱·西柏 / 著　　　　　　　　　| 014

二、相爱的人们
一碗清汤荞麦面　（日）栗良平 / 著　　　　　　| 018
深秋的北风　洁泯 / 著　　　　　　　　　　　　| 029
母亲的生日　叶圣陶 / 著　　　　　　　　　　　| 033

三、爷爷的故事
老爷爷和小孙子　（俄）列夫·托尔斯泰 / 著　　| 038
爷爷的牛　汤素兰 / 著　　　　　　　　　　　　| 040
爷爷的小木屋　徐鲁 / 著　　　　　　　　　　　| 044

四、读书的乐趣
读书苦乐　杨绛 / 著　　　　　　　　　　　　　| 048
我是主人　陈染 / 著　　　　　　　　　　　　　| 053

窃读记　林海音/著　　　　　　　　　| 059

五、雪花飘飘
雪日　(日)德富芦花/著　　　　　　| 068

初雪(节选)　(英)普里斯特利/著　　| 071

雪(节选)　鲁彦/著　　　　　　　　| 077

六、鸡
痴鸡　曹文轩/著　　　　　　　　　| 082

母鸡　老舍/著　　　　　　　　　　| 093

我家养鸡　韩少功/著　　　　　　　| 096

七、那些贫穷的人
雪夜　汪敬熙/著　　　　　　　　　| 102

乞讨的小姑娘　(苏联)叶赛宁/著　　| 107

相隔一层纸　刘半农/著　　　　　　| 110

八、树木和我们的生活

一个树木之家　（法）儒勒·列那尔 / 著　　|　114

悬崖边的树　曾卓 / 著　　|　117

冬天的树　汪曾祺 / 著　　|　119

九、春之声

春　朱自清 / 著　　|　122

春将至　（日）井上靖 / 著　　|　125

纯金难留　（美）弗罗斯特 / 著　　|　132

春天　叶圣陶 / 著　　|　134

一

溃散的黑暗

可以用明亮的眼睛阅读这本书的孩子们,都会拥有一个色彩绚丽的光明世界。对于盲人来说,能够用眼睛欣赏这个世界的人,是多么幸福呀!盲人的世界是怎样的?他们又该如何来面对世界、面对人生呢?

溃散的黑暗

赵丽宏 / 著

导读：
　　在一位双目失明的盲姑娘眼中，世界只能是一片无穷无尽的黑暗。这位盲姑娘，又是通过怎样的努力，让这些包围着她的黑暗逐渐溃散了呢？她又是怎样寻觅"旁人无法体会的光明"的呢？

　　我的眼前闪动着一双乌黑的眼睛。在这双眼睛里，世界是一片无穷无尽的黑暗，然而它们执着地亮着，寻觅着旁人无法体会的光明。

　　大约是十年前，一次在路上遇见电台文艺部的女记者吴斐，她告诉我，上海盲童学校有一个盲姑娘，叫杜琼，喜欢文学，喜欢朗诵散文和诗歌，很希望得到我的书。这样的要求是不能拒绝的。我把刚出版的散文诗集《人生遐思》寄给吴斐，请她把书转交给杜琼。寄走书的时候，我心里在纳闷：一个双目失明的孩子，怎么读书？

不久,我就收到了杜琼写给我的一封信。信很厚,是盲文,用针在厚厚的纸上刺出来,必须用手指来读,我当然读不懂。不过,信中附了她父亲的译文。她在信中告诉我:"我朗诵了你书中的很多作品,以后我把录音带送给你。"这是我收到的第一封盲文来信。

她真的给我送来了录音带。那天,她由父亲陪着来到我家。如果事先不知道,我真看不出她是个盲人。那一双乌黑的眼睛,很神气地睁着,仿佛世上所有的光明都在她的视野里。她微笑着,用清脆悦耳的声音大声说话,客厅里回荡着她的笑声。她告诉我,她准备把这本书翻译成盲文出版。她这么说,我报之一笑。我问她,将来毕业了,准备做什么,她想了想,答道:"我很想到广播电台做一个播音员。我看不见,但我能说,可以把心里想的都告诉别人。我想搞盲人教育,譬如,教育人学会用电脑,让他们能像明眼人一样面对生活。"她的这些想法使我惊讶,当时,电脑对大多数明眼人来说还是一个神秘莫测的东西,她竟然已经异想天开了。这是她的美好愿望,有愿望,总是好事情。对一个盲人来说,最可怕的大概就是对生活失去信心。而眼前的这个盲姑娘,对一切都充满了兴趣。这些兴趣,能不能将她引向理想的光明境地呢?

我听了杜琼朗诵的录音。她的声音柔和甜美,热情洋溢,对散文和诗的意境有独特的感情,这声音里有一个中学生的天真烂漫,也有一个生活在黑暗中的人对光明的憧憬,而这,决非一般的孩子所能表达。她的朗诵使我感动。

过了半年，杜琼打电话告诉我，《人生遐思》已经由盲文出版社出版。这消息使我感到意外，也使我不得不对她刮目相看。不久，杜琼寄来了书。这是一本用牛皮纸装订成的书，又大又厚，没有任何色彩，除了封面上几个黑字，其余全是用针刺出来的盲文。在我出版的很多书中，这是最厚重的一本，却也是唯一一本自己无法读懂的书。书的扉页上，杜琼用针刺了这样一行字："愿您有更多的作品滋润盲孩子的心田。"我把这本书放在书架上，看到它就想起她热情洋溢的声音，想起她那双乌黑明亮的眼睛，想起一个盲孩子对我的期望。

有时候，我很自然地会想象她的那个黑暗世界。在那个只有声音没有光亮和色彩的世界里，一个盲姑娘如何生活，如何思想？有一次，我问一个生性活泼、无忧无虑的小姑娘，她的年龄和杜琼相仿，和杜琼一样，她也有一双乌黑的大眼睛，不同的是，她的眼睛能从容地观赏世间的一切，她的视野里一片光明。我问她："假如你的眼睛什么也看不见了，你会怎么样？"她几乎是不假思索地答道："那活着还有什么意思？我宁可死！"我心头一震。杜琼就天天生活在我想象的黑暗世界中，而她活得如此充实。生活和命运，把人和人塑造得那么不同。

杜琼初中毕业了。她比同龄的孩子更早面临选择职业、选择谋生手段的难题。在这样的难题面前，浪漫的幻想只能让位给严峻的现实。她考进了一个医疗推拿班，她要用一双灵巧的手，驱除病人的伤痛。她常常打电话，告诉我她的学业在进展，有时候还忍不住把老师和病人对她的赞扬告诉我。我为她高兴。

我想,她不仅能做一个自食其力的人,也能做一个有益于社会的人。对一个盲人来说,这并不是一个很低的目标。不过我知道,在杜琼的心里,她那理想并未泯灭,它们还会像火星一样,在她的心里闪烁,只要有机会,这些火星就会燃烧成灿烂的火花……

花了三年时间,杜琼以优异成绩从医疗推拿班毕业了。然而她还想追求她日思夜想的文学和广播。她想报考北京广播学院,被婉拒,想报考大学的中文系,也被回绝。她还找了广播电台,想去当一个专为残疾人播音的播音员,结果可想而知,依然是失望。她处处碰壁,只因为是一个盲人,只因为她无法浏览明眼人一目了然的世界。

电话里,我想不出用什么话安慰她,倒是她安慰我:"没关系的,我可以自学嘛!"轻松的语调中,我感觉到的是辛酸和沉重。

她做了一个使我吃惊的选择——报名参加前进业余英语进修学院。学院开始想拒绝她入学,可她发誓能和其他学生学得一样好。于是她和一群明眼的年轻人一起坐进了教室。一本厚厚的英语教材,500多页,她一行字也读不出来。怎么办?她花了几个月时间,请父亲帮她读,她自己动手,用针把所有的内容都刺成了盲文。期中考试,她考了90分,期末考试,她考了96分,在班里名列前茅。当她用一口流利的英语和她的同学对话时,所有人都认为这是奇迹。

四年前的一天,杜琼来电话,告诉我一个令人难以置信的消息：她已顺利通过美国一所学校所有的考核，并成为那所学校录取的第一位来自中国的盲人学生。她选择的专业是电脑。一个孱弱的中国盲姑娘，如何面对遥远的异域，面对一个更加陌生的世界呢？我无法想象，她将怎样越过横在她面前的种种障碍，这些障碍就像高山峻岭和大海深壑，需要有坚强的翅膀才能飞越。而且，我怀疑，美国的大学会不会接纳一个中国的盲人？

美国那所学校专门派一位专家到上海来对杜琼进行考查，她的能力和知识使那位美国教育家惊奇。她很顺利地通过了对她的所有考核，成了那所学校录取的第一位来自中国的盲人学生。就这样，一个盲姑娘，打起背包，告别了父母，告别了她生活了很多年却无法看一眼的城市，孤身一人踏上了艰难的异域之路。她在电话里和我告别时，我嘴里说着祝福的话，心里却在为她捏一把汗。从此以后，谁也帮不了她，一切全得靠她自己了。

她到美国后的故事，大概可以供小说家写一部激动人心的小说。在陌生的土地上，她大睁着她那双乌黑的眼睛，跌跌撞撞地向前走着，没有人能阻止她寻找理想的脚步。她被人歧视过，被人轻视过，也被人误解过，但是一次又一次，她用自己的行动证明，她是一个有骨气有能力有智慧的中国人，尽管她什么也看不见。她学会了电脑，完成了学业，做成了很多健全的人也未必能做到的事情。她赢得了所有和她接触过的美国人与来自其他国家的人们的钦佩和尊敬。每次通电话，我听到的都是快乐而生机勃勃的声音。有一次，她甚至告诉我，她正在设法设计一种供中国盲人使用的电脑软件。"我希望，有一天，国内的盲人也和我一样，借助电脑，和明眼人一样读书写作。这一天会有的。"她的语调和很多年前她朗诵我的诗文时一样，柔和，洋溢着热情，只是增添了很多自信。这时，我丝毫也不怀疑，她的设想迟早会变成现实。

以常人眼光来看，这位盲姑娘确实是奇迹的创造者。我常常想，她想要向世人证明的，到底是什么？是一个盲人的能力到底有多大？是我们这个由健全的人为主体的世界对残疾人究竟有多少宽容和爱心？还是其他什么？杜琼大概不会想得这么多，她只想证明自己的价值，只想和常人一样，为这个世界增添光亮。对一个双目失明的姑娘来说，这是多么可贵。有些人，生着明亮的眼睛，却仿佛被黑暗包裹着，在窄小的圈子里举步不前。而在这个盲姑娘面前，无边的黑暗却无可奈何地溃散了。杜琼的经历告诉我们：只要努力，这个世界上没有办不到的事情，对健全的人们如此，对残疾人也一样。

阅读感悟：

　　盲姑娘杜琼，说要朗诵"我"的文章并录音，她做到了；说要把"我"的文章翻译成盲文出版，她也做到了；她还学习了医疗推拿……然而，她想要报考大学中文系、做一名播音员的梦想，却无法实现。她不气馁，又自学了英语，并顺利通过考核，到美国留学。她学会了电脑，完成了学业，并对未来充满了向往和信心。杜琼创造了奇迹，让笼罩着她人生的无边黑暗，无可奈何地溃散了。这篇散文的作者赵丽宏，也是一位诗人，文中富有哲理的句子，优美感人。那位生性活泼、无忧无虑、拥有正常视力的小姑娘的话，也鲜明地反衬了杜琼的乐观与坚强。一位盲姑娘，尚且能开创不平凡的人生，相信这篇文章会带给你战胜困难的无穷力量。

伟大的日子（节选）

（美）海伦·凯勒 / 著
孙法理 / 译

导读：

　　海伦·凯勒是不幸的，她在不足两岁时，因疾病失去了视力和听力。然而，她却通过不懈的努力，毕业于哈佛大学德克利夫学院，一生中创作了14本书，并致力于残疾人慈善事业，创造了人生的奇迹，被称为时代的英雄。美国大作家马克·吐温，甚至把她和拿破仑相提并论。家庭教师安妮·沙莉文是成就海伦·凯勒的人，她以极大的爱心、耐心和毅力，在没有任何教育经验可以借鉴的情况下，成功地将海伦从一个无知、任性的盲聋小女孩，培养成一个可以读书、说话、写字、知书达理、才华横溢的少女。后来，海伦·凯勒把与沙莉文老师第一次见面的这一天，看作她重生的日子。

　　在我的记忆中，我平生最重要的日子，是我的老师安妮·沙莉文来到我身边的那天。这一天联系着我两种截然不同的生活，每想到这一点，我的心里便充满了神奇之感。那是一八八七年三月三日，距离我满七岁还有三个月。

在那个重要的日子的下午，我一声不响地站在大门口，我在等待。我从妈妈的手和屋里匆忙来往的人们，模糊地感到某种不寻常的事情就要发生。因此我来到门口，在台阶上等待着。午后的阳光穿过覆盖在门廊上的金银花，落在我仰着的脸上。我的指头几乎不自觉地流连在熟悉的树叶和花朵之间。那花似乎是为了迎接南方春天的阳光才开放的。我不知道未来给我准备了什么奇迹和意外。几个礼拜以来，我心里不断地受到愤怒和怨恨的折磨。这场激烈的斗争使我感到一种深沉的倦怠。

你曾在海上遇到过雾吗？你好像感到一片可以触摸到的白茫茫的浓雾，把你重重包围了起来。大船正一边测量着水深，一边向岸边紧张焦灼地摸索前进。你的心怦怦地跳着，等待着事情的发生。在我开始受到教育之前，我就像那只船一样。只不过我没有罗盘，没有测深锤，也无法知道海港在哪里。"光明！给我光明！"这是我灵魂里的没有语言的呼号，而就在一小时之后，爱的光明便照耀到了我的身上。

我感觉到有脚步向我走来，我以为是妈妈，便向她伸出了手。有个人握住了我的手，把我拉了过去，我被一个人抱住了。这人是来让我看到这个有声有色的世界的，更是来爱我的。

我的老师在到来的第二天便把我引到了她的屋里，给了我一个玩具娃娃。那是柏金斯盲人学校的小盲童们送给我的。衣服也是罗拉·布莉治曼给它缝的。但这些情节我都是后来才知道的。

在我玩了一会儿玩具娃娃之后，沙莉文小姐便在我手心里拼写 d—o—l—l 这个单词。我立即对这种指头游戏感到了兴趣，模仿起来。最后我胜利了，我正确地写出了那几个字母。我由于孩子气的快乐和骄傲，脸上竟然发起烧来。我跑下楼去找到妈妈，举起手写出了 doll 这个单词。我不知道我是在拼写一个单词，甚至也不知道有单词这种东西存在。我只不过用指头像猴子一样模仿着。在以后的日子里，我以这种我并不理解的方式，学会了很多单词，其中有 pin（大头针）、hat（帽子）、cup（杯子）；还有几个动词，如 sit（坐）、stand（站）、walk（走）等。到我懂得每一样东西都有一个名字的时候，已是我的老师教了我几个礼拜之后的事了。

有一天，我正在玩着新的玩具娃娃，沙莉文小姐又把我的大玩具娃娃放到了我衣襟里，然后又拼写了 doll 这个单词。她努力要让我懂得这两个东西都可以用 doll（玩具娃娃）这个字表示。

前不久我们刚在"大口杯"和"水"两个字上纠缠了许久。沙莉文小姐想尽办法教我 m—u—g 是"大口杯"，而 w—a—t—e—r 是"水"。可是，我老是把这两个字弄混。她无可奈何，只好暂时中止这一课，打算以后利用其他机会再来教我。可是，这一回她又一再地教起来，我变得不耐烦了，抓住新的玩具娃娃，用力摔到地上。我感到玩具娃娃摔坏了，破片落在我的脚上。这时我非常高兴，发了一顿脾气，既不懊悔也不难过。我并不爱那个玩具娃娃。在我生活的那个没有声音没有光明的世界里，本没有什么细致的感受和柔情。我感到老师把破片扫到壁炉的角落里，心里很满足——我的烦恼的根源被消除了。她给我拿来了帽子，我明白我要到温暖的阳光里去了。这种思想（如果没有字句的感觉也能称之为思想的话）使我高兴得手舞足蹈。

我们沿着小路来到井房。井房的金银花香气吸引着我们。有人在汲水，老师把我的手放在龙头下面。当那清凉的水流冲在我的手上的时候，她在我的另一只手的掌心里写了w—a—t—e—r（水）这个单词。她开始写得很慢，后来越写越快。我静静地站着，全部注意力集中到她指头的运动上。我突然朦胧地感到一种什么被遗忘的东西——一种恢复过来的思想在震颤。语言的神秘以某种形式对我展示出来。我明白了"水"是指那种奇妙的、清凉的、从我手上流过的东西。那个活生生的单词唤醒了我的灵魂，给了它光明、希望和欢乐，解放了它。当然，障碍还是有的，但是已经可以克服了。

我怀着渴望学习的心情离开了井房。每一个东西都有一个名字，每个名字产生一种新的思想。当我们回到屋里去时，我所摸到的每一样东西都好像有生命在颤动。那是因为我用出现在我心里的那种奇怪的新的视觉"看"到了每一样东西。进门的时候，我想起自己打破了的玩具娃娃。我摸到壁炉边，把碎片捡了起来。我努力把它们拼合到一处，但是没有用。我的眼里噙满了泪水。因为我懂得我干出了一件什么样的事，我第一次感到悔恨和难过。

那一天我学会了很多单词，是些什么单词，我已忘了，但是我确实记得其中有妈妈、爸爸、姐妹、老师这些单词——是这些单词让世界为我开出了花朵。在那个新事频出的日子的晚上，我睡上了自己的小床，重温起那一天的欢乐，恐怕很难找到一个比我更加快乐的孩子。我第一次渴望新的一天的到来。

阅读感悟：

　　这篇文章节选自海伦·凯勒的自传《假如给我三天光明》。沙莉文老师用独特的方法，足够的耐心和爱，尊重海伦的天性与学习兴趣，教会了海伦识字，让她体会到了每一个单词与生活中事物的联系。她让海伦触摸水，来学习"water"这个单词，这是海伦借助文字来了解和认识世界的开始——"那个活生生的单词唤醒了我的灵魂"。由于听觉和视觉的丧失，海伦的触觉非常敏感，文中对景物和人物动作的描写，透露出了海伦对世界独特的感知方式。你能从海伦对沙莉文老师动作的描述中，体会到她对海伦的爱吗？

盲孩

(英)柯莱·西柏 / 著
屠 岸 / 译

导读：
　　人们通常会对盲孩充满同情。然而，在盲孩心中，世界只不过是另一种样子而已，他们也许无法体会人们的同情。

你们说的"光"，是什么东西，
我永远不可能感觉出来；
你们能够"看"，是什么福气，
请告诉我这可怜的盲孩！

你们讲到了种种奇景，
你们说太阳光辉灿烂；
我感到它温暖，可它怎么能
把世界分出黑夜和白天？

这会儿我玩耍，待会儿我睡觉，
这样分我的白天和夜晚；
假如我老是醒着，睡不着，
我觉得那就是白天没完。

我听见你们一次又一次
为我的不幸而叹息：唉……
可我完全能忍受这损失——
损失是什么我并不明白。

别让我永远得不到的东西
把我愉快的心情破坏；
我歌唱，我就是快乐君王，
尽管我是个可怜的盲孩。

阅读感悟：

盲孩无法看到"光"，无法体会"看"，并不根据太阳落下和升起来区分黑夜和白天。人们对盲孩的不幸表示同情，盲孩却有着自己的快乐。柯莱·西柏是英国17世纪至18世纪的演员、剧作家和诗人，善于体会各种人物角色的心理感受。这首诗的结尾，表达了盲孩的乐观精神。珍惜所拥有的一切，不让"永远得不到的东西"破坏心情，让这首小诗具有了哲学的意味。我们应当以怎样的态度，来和盲童打交道呢？意大利作家亚米契斯《爱的教育》中，有一篇《盲童》，值得认真一读，相信会为你带来启发。

二

相爱的人们

　　人的一生，常常不会是一帆风顺的，有时难免遇到各种各样的挫折或磨难。有些人，在困难与贫穷面前，会失去爱的能力，走向堕落。而有些人，仍怀抱着爱，担负着责任，最终战胜了困难，获得了幸福。这组文章不但会告诉我们应当怎样好好努力，爱自己的家人，还会告诉我们许多关于事业成功和人生幸福的秘密。

一碗清汤荞麦面

（日）栗良平 / 著

文 明 / 译

导读：

这是一个讲述一家三口人怎样在贫穷和不幸中奋力挣扎的故事，也是一个讲述一家面馆生意如何日渐兴隆的故事。许多读者被这篇小说感动得流下了热泪，许多企业都将它作为激励员工的心灵读本。故事，从一家在大年夜里即将关门打烊的面馆开始……

对于面馆来说，最忙的时候，要算是大年夜了。北海亭面馆的这一天，也是从早就忙得不亦乐乎。

平时直到深夜十二点还很热闹的大街，大年夜晚上一过十点，就很宁静了。北海亭面馆的顾客，此时也像是突然都失踪了似的。

就在最后一位顾客出了门，店主要说关门打烊的时候，店门被咯吱咯吱地拉开了。一个女人带着两个孩子走了进来。六岁和十岁左右的两个男孩子，一身崭新的运动服。女人却穿着不合时令的斜格子短大衣。

"欢迎光临！"老板娘上前去招呼。

"啊……清汤荞麦面……一碗……可以吗？"女人怯生生地问。那两个小男孩躲在妈妈的身后，也怯生生地望着老板娘。

"行啊，请，请这边坐。"老板娘说着，领他们母子三人坐到靠近暖气的二号桌，一边向柜台里面喊着："清汤荞麦面一碗！"

听到喊声的老板，抬头瞥了他们三人一眼，应声回答道："好咧！清汤荞麦面一碗——"

案板上早就准备好了面条，一堆堆像小山，一堆是一人份。老板抓起一堆面，继而又加了半堆，一起放进锅里。老板娘立刻领悟到，这是丈夫特意多给这母子三人的。

热腾腾香喷喷的清汤荞麦面一上桌，母子三人立即围着这碗面，头碰头地吃了起来。

"真好吃啊！"哥哥说。

"妈妈也吃呀！"弟弟夹了一筷子面，送到妈妈口中。

不一会，面吃完了，付了150元钱。

"承蒙款待。"母子三人一起点头谢过，出了店门。

"谢谢，祝你们过个好年！"老板和老板娘应声答道。

过了新年的北海亭面馆，每天照样忙忙碌碌。一年很快过去了，转眼又是大年夜。

和以前的大年夜一样，忙得不亦乐乎的这一天就要结束了。

过了晚上十点，正想打烊，店门又被拉开了，一个女人带着两个男孩走了进来。

老板娘看那女人身上那件不合时令的斜格子短大衣，就想起去年大年夜最后那三位顾客。

"这个……清汤荞麦面一碗……可以吗？"

"请，请到里边坐，"老板娘又将他们带到去年的那张二号桌，"清汤荞麦面一碗——""好咧，清汤荞麦面一碗——"老板应声回答着，并将已经熄灭的炉火重新点燃起来。

"喂，孩子他爹，给他们下三碗，好吗？"

老板娘在老板耳边轻声说道。

"不行，如果这样的话，他们也许会尴尬的。"

老板说着，抓了一份半的面下了锅。

桌上放着一碗清汤荞麦面，母子三人边吃边谈着，柜台里的老板和老板娘也能听到他们的声音。

"真好吃……"

"今年又能吃到北海亭的清汤荞麦面了。"

"明年还能来吃就好了……"

吃完后，付了150元钱。老板娘对着他们的背影说道："谢谢，祝你们过个好年！"

这一天，被这句说过几十遍乃至几百遍的祝福送走了。

生意日渐兴隆的北海亭面馆，又迎来了第三个大年夜。

从九点半开始，老板和老板娘虽然谁都没说什么，但都显得有点心神不定。十点刚过，雇工们下班走了，老板和老板娘立刻把墙上挂着的各种面的价格牌一一翻了过来,赶紧写好"清汤荞麦面 150 元"。其实,从当年夏天起,随着物价的上涨,清汤荞麦面的价格已经是 200 元一碗了。

二号桌上,在三十分钟以前,老板娘就已经摆好了"预约"的牌子。

到十点半,店里已经没有客人了,但老板和老板娘还在等候着那母子三人的到来。他们来了。哥哥穿着中学生的制服,弟弟穿着去年哥哥穿的那件略有些大的旧衣服,兄弟二人都长大了,有点认不出来了。母亲还是穿着那件不合时令的有些褪色的短大衣。

"欢迎光临。"老板娘笑着迎上前去。

"啊……清汤荞麦面两碗……可以吗?"母亲怯生生地问。

"行,请,请里边坐!"

老板娘把他们领到二号桌,顺手将桌上那块预约牌藏了起来,对柜台喊道:

"清汤荞麦面两碗!"

"好咧,清汤荞麦面两碗——"

老板应声答道,把三碗面的分量放进锅里。

母子三人吃着两碗清汤荞麦面,说着,笑着。

"大儿,淳儿,今天,妈妈我想要向你们道谢。"

"道谢?向我们?……为什么?"

"你们也知道,你们的父亲死于交通事故,生前欠下了八个人的钱。我把抚恤金全部还了债,还不够的部分,就每月五万元分期偿还。"

"是呀，这些我们都知道。"

老板和老板娘在柜台里，一动不动地凝神听着。

"剩下的债，本来约定到明年三月还清，可实际上，今天就可以全部还清了。"

"啊，这是真的吗，妈妈？"

"是真的。大儿每天送报支持我，淳儿每天买菜烧饭帮我忙，所以我能够安心工作。因为我努力工作，得到了公司的特别津贴，所以现在能够全部还清债款。"

"好啊！妈妈，哥哥，从现在起，每天烧饭的事还是包给我了！"

"我也继续送报。弟弟，我们一起努力吧！"

"谢谢，真是谢……谢……"

"我和弟弟也有一件事瞒着妈妈，今天可以说了。那是在十一月的一个星期天，我到弟弟学校去参加家长会。那时，弟弟已经藏了一封老师给妈妈的信……弟弟写的作文如果被选为北海道的代表，就能参加全国的作文比赛。正因为这样，家长会的那天，老师要弟弟自己朗读这篇作文。老师的信如果给妈妈看了，妈妈一定会向公司请假，去听弟弟朗读作文，于是，弟弟就没有把这封信交给妈妈。这事，我还是从弟弟的朋友那里听来的。所以，家长会那天，是我去了。"

"哦，是这样……那后来呢？"

"老师出的作文题目是《你将来想成为怎样的人》，全体学生都写了。弟弟的题目是《一碗清汤荞麦面》，一听这题目，我就知道写的是北海亭面馆的事。当时我就想，弟弟这家伙，怎么把这种难为情的事都写出来了。

"作文写的是，父亲死于交通事故，留下一大笔债。妈妈每天从早到晚拼命工作，我去送早报和晚报……弟弟全写了出来。接着又写，十二月三十一日的晚上，母子三人吃一碗清汤荞麦面，非常好吃……三个人只买一碗清汤荞麦面，面馆的叔叔阿姨还是很热情地接待我们，谢谢我们，还祝福我们过个好年。在弟弟听来，那祝福的声音分明是在对他说：不要低头！加油啊！要好好活着！因此，弟弟长大成人后，想开一家日本第一的面馆，也要对顾客说：'加油啊！''祝你幸福！''谢谢！'弟弟大声地朗读着作文……"

此刻，柜台里竖着耳朵，全神贯注听母子三人说话的老板和老板娘不见了。在柜台后面，只见他们两人面对面地蹲着，一条毛巾，各执一端，正在擦着夺眶而出的眼泪。

"作文朗读完后，老师说：'今天淳君的哥哥代替他母亲来参加我们的家长会，现在我们请他来说几句话……'"

"这时哥哥都说了些什么？"

"因为突然被叫上去发言，一开始，我什么也说不出……'大家一直和我弟弟很要好，在此，我谢谢大家。弟弟每天要做晚饭，只能放弃兴趣小组的活动，中途回家，我做哥哥的，感到很难为情。刚才，弟弟刚开始朗读《一碗清汤荞麦面》的时候，我感到很丢脸，但是，当我看到弟弟激动地大声朗读的样子，我心里更感到羞愧。这时我想,决不能忘记妈妈买一碗清汤荞麦面的勇气。我们兄弟二人一定要齐心协力,照顾好我们的妈妈!希望大家以后也能够和我弟弟做好朋友。'我就说了这些……"

母子三人,静静地,互相握着手,良久。继而又欢快地笑了起来,和去年相比,像是完全变了个模样。

作为年夜饭的清汤荞麦面吃完了,付了300元。

"承蒙款待。"母子三人深深地低头道谢,走出了店门。

"谢谢,祝你们过个好年!"

老板和老板娘大声向他们祝福,目送他们远去……

又是一年的大年夜降临了。北海亭面馆里,晚上九点一过,二号桌上又摆上了"预约"的牌子,等待着母子三人的到来。可是,这一天始终没有看到他们三人的身影。

一年,又是一年,二号桌始终默默地等待着,可母子三人还是没有出现。

北海亭面馆因为生意越来越兴隆,店内重新进行了装修。桌子椅子都换了新的,可二号桌却依然如故,老板夫妇不但没感到不协调,反而把二号桌安放在店堂的中央。

"为什么把这张旧桌子放在店堂中央?"有的顾客感到奇怪。

于是,老板夫妇就把"一碗清汤荞麦面"的故事告诉他们。并说,这张桌子是一种对自己的激励。而且,说不定哪天那母子三人还会来,这个时候,还想用这张桌子来迎接他们。

就这样,二号桌被顾客们称作"幸福的桌子",二号桌的故事也在到处传颂着。有人特意从老远的地方赶来,有女学生,也有年轻的情侣,都要到二号桌吃一碗清汤荞麦面。二号桌也因此名声大振。

时光流逝,年复一年。这一年的大年夜又来到了。

这时,北海亭面馆已经是这条街商会的主要成员,大年夜这天,亲如家人的朋友、近邻、同行,结束了一天的工作后,都来到北海亭,在北海亭吃了过年面,听着除夕夜的钟声,然后亲朋好友聚集起来,一起到附近神社去烧香磕头,以求神明保佑。这种情形,已经有五六年了。

今年的大年夜当然也不例外。九点半一过,以鱼店老板夫妇捧着装满生鱼片的大盘子进来为信号,平时的街坊好友三十多人,也都带着酒菜,陆陆续续地会集到北海亭。店里的气氛一下子热闹起来。

知道二号桌由来的朋友们,嘴里没说什么,可心里都在想着,今年二号桌也许又要空等了吧?那块"预约"的牌子,早已悄悄地放在了二号桌上。

狭窄的座席之间,客人们一点一点地移动着身子坐下,有人还招呼着迟到的朋友。吃着面,喝着酒,互相夹着菜。有人到柜台里去帮忙,有人随意打开冰箱拿东西。十点半时,北海亭里的热闹气氛达到了高潮。什么打折信息啦,海水浴场的艳遇啦,添了孙子之类的,店里已是人声鼎沸。就在这时,店门被咯吱咯吱地拉开了。人们都向门口望去,屋子里突然静了下来。

两位西装笔挺、手臂上搭着大衣的青年走了进来。这时,大伙才都松了口气,随着轻轻的叹息声,店里又恢复了刚才的热闹。

"真不凑巧,店里已经坐满了。"老板娘面带歉意说。

就在拒绝两位青年的时候,一个身穿和服的女人深深埋着头走了进来,站在两位青年的中间。店里的人们一下子都屏住了呼吸,耳朵也竖起来了。

"啊……三碗清汤荞麦面,可以吗?"穿和服的女人平静地说。

听到这话,老板娘的脸色一下子变了。十几年前留在脑海中的母子三人的印象,和眼前这三人的形象重叠起来。

老板娘指着三位来客,目光和正在柜台里忙碌的丈夫的目光撞到一处。

"啊,啊……孩子他爹……"

面对着不知所措的老板娘,青年中的一位开口了。

"我们就是十四年前的大年夜,母子三人共吃一碗清汤荞麦面的顾客。那时,就是这一碗清汤荞麦面的鼓励,使我们三人同心合力,度过了艰难的岁月。这以后,我们搬到母亲的老家滋贺县去了。

"我今年通过了国家医生资格考试,现在在京都的大学医院当实习医生。明年四月,我将到札幌的综合医院工作。还没有开面馆的弟弟,现在在京都的银行里工作。我和弟弟经过商量,计划了这生平第一次奢侈行动。就这样,今天我们母子三人,特意赶到札幌的北海亭,想要麻烦你们煮三碗清汤荞麦面。"

边听边点头的老板夫妇,泪珠一串串地掉下来。

坐在门边的蔬菜店老板，嘴里含着一口面听了半天，直到这时才把面咽下去，站起身来。

"喂喂！老板娘，你呆站在那里干什么？这十年的每一个大年夜，你不是都准备好了迎接他们的到来吗？快，快请他们入座，快！"

被蔬菜店老板用肩头一撞，老板娘才清醒过来。

"欢……欢迎，请，请坐……孩子他爹，二号桌清汤荞麦面三碗——"

"好咧——清汤荞麦面三碗——"泪流满面的丈夫差点应不出声来。

店里，突然爆发出一阵不约而同的欢呼声和鼓掌声。

店外，刚才还在纷纷扬扬飘着的雪花，此刻也停了。皑皑白雪映着明净的窗子，那写着"北海亭"的布帘子，在正月的清风中，摇着，飘着……

阅读感悟：

这是一篇关于爱的小说。妈妈与儿子之间，店主夫妇与顾客之间，都涌动着爱的暖流。

小说很善于通过细节描写揭示人物的内心，人物的衣着、神态、动作、话语，无不表现着他们的思想性格与生活境况。

小说在情节的安排方面，也很特别。小说选取了发生在"北海亭"面馆的几个场景，让我们联想到，好像有一部摄像机，镜头始终朝向这个面馆，摄像机总是在每年的除夕之夜开机拍摄，连续多年的拍摄，记录了一幕幕温暖人心的画面，成就了一篇出色的作品。这篇小说很适宜排演成一部多幕话剧，或者拍摄成一部小成本的电影。

文章的结尾，是一个写景的片段，这样写好不好？

韩国《经济新闻》曾写道："衷心希望韩国的所有企业都能在明年像《一碗清汤荞麦面》中的那一家子一样发愤图强。"你觉得，这篇文章对你个人有什么激励？你将来如果成立了家庭，你会怎样对待工作和家庭生活？

也有评论认为：这本书中揭示了企业的经营之道，"把'微笑服务'仅仅当作追求利润的手段"的观念已经被彻底打破，取而代之是"将心中的美好传递给顾客"的经商之道。将来，假如你从事商业经营活动，你会怎样做好你的企业？

深秋的北风

洁泯 / 著

导读：

洁泯，原名许觉民，曾任中国社科院文学研究所所长。这篇散文讲述了一位下岗职工的故事。文中的尹君，在经受着一场生活的考验。你觉得，他的家人爱他吗？他会走出眼下的困境吗？

我与尹君认识多年，我痴长他三十岁。我们是忘年交。他是一个工人，平时喜欢看书，常到我这里来坐，临走时借几本书。他每次来多半是星期日，这天是星期四，上午他就来了。我觉得很难得，问他今天怎么有空了，他笑着说，现在是长期休假。我不懂，他腼腆地轻声说：我下岗了。

我说，下岗有什么关系，慢慢再找事做。过了一会儿，他叹口气说，总有些见不得人。我站起来说，有什么见不得人，又不是你一个人下岗，再说又不是你的过错，男子汉要硬朗些。

他又叹了口气说，别的人倒没有什么，我觉得妻子对我冷淡了不少，我说我下岗了，她毫无表情，只是淡淡地答应一声"哦"，没有别的话，接着她就到医院上班去了。我心里不好受，我成了家里的一个包袱，要老婆养我了。女儿好像也躲着我，她快读完初中了，她懂事了。我觉得她们都看不起我，我好像顿时矮了半截儿，总有点抬不起头。

我对他说，不会的，她们并没有说什么看不起你的话，你现在重要的是找工作做。他点点头。

这期间，他在外面到处跑，市公交公司招考司机，他学过开车，可应试后没录取。满街有招工的告示，可知道要交多少保证金后，他交不起。他来看我时一脸愁容，我劝他不要灰心，再继续找最要紧。

那天，他兴冲冲地走来告诉我，他已买下了一辆旧的平板车，打算到批发站去拉些水果，弄个执照在路口摆个水果摊。他计算了，是有些利润的。他这一说，我大为赞成。他说还缺点儿钱，我说我也来凑一点儿给你。

第二天下午，我有点儿憋不住，想去看看他的摊子。到路西口，我看见了他，在墙边摆开了平板车堆着水果，他笑嘻嘻地递个梨给我吃，我说不行。接着来了顾客，我看还有点儿生意。

北京的天气有点儿像贪官，翻脸不认人。这天忽然来了寒流，刮七级风，是深秋了，也该冷了，但昨天还是热烘烘的，变得真快。风刮得大，我不敢出门，但心里念着那位忘年交，我决定去看看他。

到那里，大风中他依然守着摊子，行人稀少，看来是该收摊了，他不收。我上前问他，他说刮些风算什么，它刮它的，我卖我的，显出一副满不在乎的样子。正说着，一个妇女走过来，冲着他说要一斤苹果。他定睛一看，原来是他的妻子，后面还跟着女儿。他皱着眉头咕哝了一句，意思是说开什么玩笑。他妻子从提包里拿出一件棉背心，要他穿上，他说不冷，妻子硬要他穿。女儿说，你不穿我们不走。他穿了，这时一阵大风，吹得人直晃。他妻子说，风这么大，回去吧。他不肯，女儿说，你不收摊子我们也不走。他说，今天还没有挣多少，我不能坐在家里吃饭。他妻子上前一步说，我几时跟你分家了？你有困难有我；我指不定什么时候有困难，那时有你。现在这大风，你该收摊回家，不要讲这些。他说，不行，我要从这个摊子上撑起这个家来，我不能走，我不能总是只吃你的。再说，我用这个摊子，还要筹措女儿上高中的学费……

他两手撑着摊子，一动也不动。他的妻子这时眼圈红了，柔情地望着他；女儿在边上也呜呜地哭了起来……

这时，风越刮越大。

阅读感悟：

尹君下岗后，为了不成为家庭的累赘，想了许多办法，做了许多尝试，最后决定做点小生意：摆水果摊。这篇散文一方面表现出了尹君一家所面临的困难，一方面又写出了一家人相互之间的爱。尹君的不幸令人同情，他与家人相互之间的关怀，又令人感到温暖。第三段里，写了尹君的心理活动。结合后文的叙述，你觉得他的妻子和女儿真的会对他冷淡、看不起他吗？如果你是尹君的女儿，你会怎么做呢？文章的末尾，写到"风越刮越大"，他究竟是否会和妻子女儿一同回家去呢？文章留下了悬念，耐人寻味。

母亲的生日

叶圣陶 / 著

导读：
　　通常，我们过生日时，父母亲总会为我们精心准备生日礼物，定做生日蛋糕。可是，你留意过母亲的生日吗？你曾经为母亲的生日做过什么？叶圣陶先生写的这篇儿童故事，会告诉我们该怎么做。

　　母亲的生日快要到了。她今年四十岁了，怎样给她庆祝呢？

　　大姊姊说："平常日子煮饭、做菜，总由妈妈一个人动手，我们至多帮她洗洗菜、端端碗。到她的生日，我们来动手，做几样菜，下一锅面，让她安安适适吃一餐'寿面'。你们想好不好？"

　　二姊姊立刻表示赞成，说："我们预备哪几样菜呢？——山笋是妈妈喜欢吃的，还有鲫鱼汤……"

　　大姊姊说："就是拌山笋同鲫鱼汤好了。菜也不用多，再有两样也就够了，到那天看什么新鲜买什么吧。"

我说："这个办法固然很好，但是不能留下永远的纪念。我想在庭中种一棵纪念树，由我们好好地培养。愿那棵树永远茂盛，愿我们的妈妈永远健康！"

大姊姊、二姊姊都拍手了。她们同声说："种一棵什么树呢？"

"我主张种柏树。柏树是常绿树，寿命又是很长的。"

两位姊姊听了我的话，都说有意思。

我们就拿出积着的钱来，归大姊姊执管，买菜、买柏树用多少钱，我们三个均分。

母亲的生日，大姑母、三姨母都来祝寿。母亲笑着对她们说："今天他们姊姊、弟弟不让我动手，我坐在这里，好像做客人了。"

父亲送给母亲一副眼镜，他对母亲说："你说近来做针线眼前有点模糊，你应该戴一副眼镜了。"

母亲戴了眼镜，拿起一张报纸来看，她快乐地说："果然清楚多了。谢谢你给我适用的礼物！"

吃过了"寿面"，我们把柏树种在庭中。这是一棵可爱的柏树，叶色翠绿，有大姊姊那样高。我们说："愿这棵柏树永远茂盛，愿我们的妈妈永远康健！"

母亲露着慈爱的笑容回答我们："谢谢你们的好意！我愿你们和这棵柏树一同长大起来，成为有用的人！"

这当儿，邮差送到哥哥给母亲的信。母亲看罢，一边递给我们看，一边说："他的话我的确爱听。"

哥哥的信很简单，是这样的几句话：

"你四十岁生日，我不能回家给你庆寿，特地写这封信，表达我的意思。我到校的时候,你对我说:'努力用手工作,努力用脑思想。'我记着这两句话,两星期来,不曾让手和脑闲空起来。这个消息你一定爱听,现在就把它作为送给你的礼物。"

阅读感悟:

  这真是幸福的一家人。文章里的母亲,也是一位幸福的母亲。文章先写"我"和两位姊姊商量怎样为母亲祝寿,接着写一家人为母亲的生日献上自己的祝福。文末写到哥哥的来信,也为母亲带来了无限喜悦。这一家人,互相关爱,认真工作,勤奋学习,每个人都做着应当做的事情,真让我们敬佩、喜欢。读完这篇文章,你该在妈妈生日时为妈妈献上些什么,你想好了吗?

爷爷的故事

许多小朋友的童年,是和爷爷奶奶一起度过的。爷爷的一生中,一定发生过许多动人的故事。如果你愿意倾听,这些故事随时都可以将你感动……

老爷爷和小孙子

（俄）列夫·托尔斯泰 / 著

陈 馥 / 译

导读：
爷爷老了，成了家里的麻烦和累赘。儿子和儿媳妇不让他在桌子上吃饭，还责骂他。小孙子米沙做了什么，让这对夫妇改变了对老人的态度？来读一读俄国大作家列夫·托尔斯泰所写的这篇寓言故事吧。

爷爷年纪很大了。他的腿脚已不灵便，眼睛看不清楚，耳朵听不真切，牙齿也没有了。吃饭的时候，饭食总从他嘴里流出来。

儿子和儿媳妇就不让他上桌子，叫他在灶下吃。有一次，他们把一只碗给他端了过去。他想把碗挪近点，却失手打碎了碗。儿媳妇就骂他，说他总弄坏家里的东西，打碎碗碟，还说以后要叫他用木钵子吃饭。老汉只叹了叹气，什么话也没有说。

一天,小两口坐在家里,看见他们的小儿子在地板上玩木头,好像要做什么东西。父亲问他:"你在做什么呀,米沙?"米沙说:"爸爸,我在做木钵。等你和妈妈老了,好拿这个木钵给你们吃饭。"

小两口彼此看了看,掉下泪来。他们因为这样欺负老人而感到羞愧。从此他们就让老人上桌子吃饭,而且照料他。

阅读感悟:

列夫·托尔斯泰是一位俄国贵族,却同情贫苦农民,他在自己的故乡创办小学,还亲自为小朋友写了六百多篇故事,编入《识字课本》和《俄语读本》里,供孩子们阅读。这篇寓言用浅显的故事,提醒人们要孝敬老人。文中没有说教,只有对故事的叙述,但在朴实的叙述中,却蕴含着道德的力量。这样的表达方式,比直白的议论,更能打动人心。

爷爷的牛

汤素兰 / 著

导读：
在中国的传统文化里，向来有爱护生命、珍惜物品的思想。一切生灵和物品，得到好好的保护，才能被妥善利用。作家汤素兰这篇散文，回忆了爷爷对生产队里一头老牛的爱护。读到文末，会让人禁不住泪湿眼眶。

爷爷养了一头牛，是黑色的牯牛，高大，温驯，大大的眼睛水汪汪的。

牛是属于生产队的，爷爷只是负责养而已。牛已经不年轻了，但不年轻的牛同样要干活，就像爷爷，七十多岁的人，依然要自己上山打柴，到地里刨食。

爷爷很爱护他的老牛。每天清晨，爷爷都会背着草筐去为牛割新鲜的草。冬天，草枯了，牛只能吃干稻草。爷爷觉得牛光吃稻草不行，就会偶尔为牛添一把秋天时晒干的红薯藤。那些红薯藤本是给猪吃的，奶奶还指望着把猪养肥，完成国家分给的任务，好换几个钱买油买盐呢。所以，为了一把干红薯藤，奶奶和爷爷常常会起争执。那时候，家家的自留地都特别少，就连红薯藤也是很稀缺的。

爷爷毕竟上了年纪，队里不再安排他干犁田耙田的力气活了。每到农忙时节，就是队里的牛出力的时候。使用牛的都是队里五大三粗的壮汉。爷爷知道自己的黑牛老了，不能像青壮的牯牛那样出力了。每天早上，当壮汉来牵牛的时候，爷爷都会嘱咐壮汉："你不要打牛，它不懒，它会尽力。你好好使唤它，不要把犁插得太深了，它背不动的……"壮汉们嫌爷爷唠叨，更不能明白一个人为什么老替牛说话。他们把爷爷推开，严正地警告他："这是队里的牛。牛天生就是干活的！"

犁田是有讲究的。一个善良的或者平常的农民犁田，会把铁犁插入田中正常的深度。一直被耕种着的田本来就是土质稀软，牛的负担也不会太重。但也有一些人故意把铁犁往深处插。当铁犁插进从未被耕作过的土层的时候，牛的负担就有千钧重了。

村里有一个石匠，为人极其残忍。他最爱使唤爷爷养的黑牯牛。每当牛温顺地低着头跟随石匠去了，爷爷就急得像热锅上的蚂蚁。"他会打它的！会打它的！"爷爷搓着双手，不知如何是好。爷爷追出去，反复叮嘱石匠，以近乎哀求的口吻跟石匠说："你别打它。它老了，干了一辈子了……"石匠哈哈一笑，扬起手中的竹枝条，"啪！"抽在牛背上，抽得牛全身颤抖。

在田里，石匠紧紧地按着犁头。牛背负着沉重的负担，一步一步艰难地前行。爷爷站在田埂上，提醒石匠："你把犁头抬起来一点儿！"石匠不听，故意压得更低。牛弓起背，拼命往前走。但它实在不堪负累，一个趔趄，栽倒在了水田里。

"起来！快起来！你这个懒家伙！"石匠一只手紧抓牛绸，几乎把牛鼻子都要扯下来了，另一只手疯狂地挥动竹枝，"嗖嗖嗖"地抽在牛身上。爷爷见了，连鞋子也来不及脱，跳进水田，扑到牛的背上，紧紧地护着他的牛。

石匠骂骂咧咧地走了。爷爷抱着牛头，老泪纵横。

早上牛被牵出门，一干活就是一整天。中午农人回家休息，牛依然被拴在田野里。夏天中午酷热，善良的农民会把牛拴在树荫下或者水沟边。但大多数人从来不为牛着想。队长收工的哨声一吹，他们恨不得立即飞回家。因此，许多人只是随手把牛拴在犁上。头顶是火球一般的太阳，脚下是晒得滚烫的水田，牛在这样恶劣的环境里待上一个中午，非中暑不可。于是，每天中午，爷爷早早地吃了午饭后，就会到空旷的田野里去，把那些牛牵到树荫下、小溪边，让牛吃上几口青草，喝几口水，在树荫下打个盹儿。

爷爷的黑牯牛，终于老得不能再干活了。快过年的时候，队长来牵老牛。老牛似乎知道了自己的命运。它微低着头，大大的眼睛里净是泪水。爷爷用粗糙的大手摸摸老牛的头，说声："去吧。"队长把老牛牵走了。那天黄昏，每家每户都分到了一些牛肉和牛杂。牛头煮在生产队的大锅里，下了红薯粉条和白菜，全队的人一起吃。大家吃得很热闹、很兴奋,就像过节一样。

爷爷也去了。他默默地坐在一个角落里,一句话也不说。

从此,爷爷再也没有养过牛。

阅读感悟:

　　爷爷为牛割青草,为了喂牛干红薯藤与奶奶起争执;爷爷嘱咐壮汉们好好爱惜牛,在石匠用竹枝抽打牛时,伏在牛背上保护牛;爷爷在中午把拴在烈日下的牛牵到树荫里;当老牛被宰杀分食时,爷爷躲在角落里不说话,从此再也不养牛……爷爷对牲口的爱护,爷爷心地的仁慈,在作者对事件的叙述中表现出来。童年的生活,常常是一位作家用之不尽的创作源泉。汤素兰创作了多篇回忆童年的散文,都很值得一读。

爷爷的小木屋

徐　鲁 / 著

导读：
爷爷住在故乡大青山的一栋小木屋里，离开故乡，来到城市生活的"我"，在想念他……

我常常想念我的爷爷。

我的爷爷一年四季都住在故乡大青山上的一栋小木屋里。他是一位护林老人，一辈子都没有离开过故乡的那片山林。

虽然他已经年老了，可是他仍然不愿下山，不愿意回到山下的村庄里居住。他说，他已经听惯了每日每夜山林里呼呼的风声，听惯了山上的小鸟和小兽们在清晨里的嬉闹声，一旦下山居住，他在心里会十分惦念和想念它们的。

那么，今天，亲爱的爷爷，当窗外正在轻轻地落着雪花，又一个漫长的冬天来到了我们中间，我是多么想念你啊！想念你背着一杆旧猎枪，提着那盏旧风灯四处巡山的样子；想念你那温暖的、挂满了各种晒干的野蘑菇和草药的小木屋；想念你那越来越苍老的、刻满了深深的皱纹的古铜色的脸膛；想念你在铺天盖地的大雪中一步步跋涉的样子；想念你在厚厚的雪地上留下的深深的脚印……

爷爷，现在我们都已经离开故乡，来到城市里居住了。可是，在我们离开你之后，我常常觉得那么孤独。公园里的落叶松上嫩芽绽开的时候，我好像也听见大青山的冰雪在融化。秋风起了，漫步在校园里的小路上，我会想象着，有谁能踩着遍地的落叶到山上去，为你送上过冬的衣裳？

爷爷，山坡下的那片小马尾松树，已经长大了吗？告诉我，在我们走了之后，你一年年还在种植马尾松吗？你还独自去那个空旷的河谷里，坐在那古老的三眼泉边吹箫吗？

啊，那悠扬的箫声，总是在我们的心头，缓缓荡漾起最深沉的乡思。如果是在檐雨滴落的晚上，你的箫声又会缓缓地吹出遍地明朗的月光，照亮我们心中的思念……那支长长的、紫色的洞箫啊，多少年了，还是那么清晰地横在我的面前，长长的，就像你冬夜里衔在嘴里的长长的旱烟袋一样。你那长长的紫竹烟袋杆啊，从我们童年时代的黑夜里，一直燃烧到现在，多少故事，多少叹息和回忆，都在那暗夜里一闪一闪……

爷爷，离开你的时候，我们好像说过的，我们还会回来的。爷爷，我是说过我要回来的。即使长大了，故乡认不出来了，我也是要回去的，回去，献上我们对故乡的热爱的心；回去，献上我们对你的敬爱和思念。

爷爷，我会永远记得你的模样的，记得北方的故乡的模样，记得故乡那些美丽的声音，就像田野里飘起的麦笛声一样。还有，在我十岁生日的那天，你为我编成的一只白色的柳条小篮子，它还在吗？它曾经装载了我小时候所有欢乐的记忆。离开家乡的时候，我没有告诉你，我把它留下了，留在你的小木屋里。爷爷，我是想让你突然看到它，就像意外地见到我一样。

唉，那像我小时候的心一样纯净的、空空的、留在家乡的小篮子啊，在今天，它不会只盛满时光的灰尘吧？

爷爷，今天看见窗外无声的落雪，我是这样深深地想念着你啊！

阅读感悟：

这是一篇抒情散文。"我"在一个下雪的日子，想念着爷爷。文章的脉络，是感情的流动。作者通过对一处处场景与一件件物品的回忆，来抒发对爷爷的思念。文中没有叙事，只是在一个个画面的转换中，体现情绪的流动。阅读这样的散文，就像欣赏一段有着轻音乐伴奏的视频画面。作者曾经历过什么往事，我们无从知道更多，我们却分明已经被他所流露出的情感给打动了……

四

读书的乐趣

　　读书是辛苦的，还是快乐的？不同的人，读不同的书，得出的滋味各不相同。本单元所选的，是三位爱读书的女作家所写的文章。她们的读书经验，可以给我们带来有益的启示；她们的读书故事，也可以给我们带来深深的感动……

读书苦乐

杨 绛 / 著

导读：
　　杨绛（1911—2016）是大学问家钱钟书先生的夫人，也是一位剧作家、翻译家和学者。她谈读书的这篇文章，充满了智慧与幽默，深受读者的喜爱。由于文中罗列、引用了一些人名与名言，看似不大好懂，但细品却回味悠长。我们在阅读时，应保持一点耐心。

　　读书钻研学问，当然得下苦功夫。为应考试、为写论文、为求学位，大概都得苦读。陶渊明好读书。如果他生于当今之世，要去考大学，或考研究院，或考什么"托福儿"，难免会有些困难吧？我只愁他政治经济学不能及格呢，这还不是因为他"不求甚解"。

　　我曾挨过几下"棍子"，说我读书"追求精神享受"。我当时只好低头认罪。我也承认自己确实不是苦读。不过，"乐在其中"并不等于追求享受。这话可为知者言，不足为外人道也。

我觉得读书好比串门儿——"隐身"的串门儿。要参见钦佩的老师或拜谒有名的学者，不必事前打招呼求见，也不怕搅扰主人。翻开书面就闯进大门，翻过几页就升堂入室；而且可以经常去，时刻去，如果不得要领，还可以不辞而别，或者另找高明，和他对质。不问我们要拜见的主人住在国内国外，不问他属于现代古代，不问他什么专业，不问他讲正经大道理或聊天说笑，都可以挨近前去听个足够。我们可以恭恭敬敬旁听孔门弟子追述夫子遗言，也不妨淘气地笑问"言必称'亦曰仁义而已矣'的孟夫子"，他如果生在我们同一个时代，会不会是一位马列主义老先生呀？我们可以在苏格拉底临刑前守在他身边，听他和一位朋友谈话；也可以对斯多葛派伊匹克悌忒斯（Epictetus）的《金玉良言》思考怀疑。我们可以倾听前朝列代的遗闻逸事，也可以领教当代最奥妙的创新理论或有意惊人的故作高论。反正话不投机或言不入耳，不妨抽身退场，甚至砰一下推上大门——就是说，啪地合上书面——谁也不会嗔怪。这是书以外的世界里难得的自由！

壶公悬挂的一把壶里，别有天地日月。每一本书——不论小说、戏剧、传记、游记、日记，以至散文诗词，都别有天地，别有日月星辰，而且还有生存其间的人物。我们很不必巴巴地赶赴某地，花钱买门票去看些仿造的赝品或"栩栩如生"的替身，只要翻开一页书，走入真境，遇见真人，就可以亲亲切切地观赏一番。

说什么"欲穷千里目，更上一层楼"！我们连脚底下地球的那一面都看得见,而且顷刻可到。尽管古人把书说成"浩如烟海",书的世界却真正的"天涯若比邻",这话绝不是唯心的比拟。世界再大也没有阻隔。佛说"三千大千世界",可算大极了。书的境地呢,"现在界"还加上"过去界",也带上"未来界",实在是包罗万象,贯通三界。而我们却可以足不出户,在这里随意阅历,随时拜师求教。谁说读书人目光短浅,不通人情,不关心世事呢!这里可得到丰富的经历,可认识各时各地、多种多样的人。经常在书里"串门儿",至少也可以脱去几分愚昧,多长几个心眼儿吧?我们看到道貌岸然、满口豪言壮语的大人先生,不必气馁胆怯,因为他们本人家里尽管没开放门户,没让人闯入,他们的亲友家我们总到过,自会认识他们虚架子后面的真嘴脸。一次我乘汽车驰过巴黎塞纳河上宏伟的大桥,我看到了栖息在大桥底下那群捡垃圾为生、盖报纸取暖的穷苦人。不是我眼睛能拐弯儿,只因为我曾到那个地带去串过门儿啊。

可惜我们"串门"时"隐"而犹存的"身",毕竟只是凡胎俗骨。我们没有如来佛的慧眼,把人世间几千年积累的智慧一览无余,只好时刻记住庄子"生也有涯而知也无涯"的名言。我们只是朝生暮死的虫豸(还不是孙大圣毫毛变成的蟭蟟虫儿),钻入书中世界,这边爬爬,那边停停,有时遇到心仪的人,听到惬意的话,或者对心上悬挂的问题偶有所得,就好比开了心窍,乐以忘言。这个"乐"和"追求享受"该不是一回事吧?

阅读感悟：

在 20 世纪的社会政治动乱中,杨绛先生曾因读书和创作被批判,并被下放劳动。文章开头的"曾挨过几下'棍子'",或许说的就是这些事情。读书的苦,只是文章开头的一个引子,作者在文中通篇所讲述的,都是读书之乐。先生打了一个有趣的比方,把读书比作隐身的"串门儿",讲述了阅读各种书的乐趣,以及书中别有天地,读书可以不受时间、空间的限制,还可以增长智慧与见识。作者渊博的学识,对社会与人性的深刻洞察,让这篇文章中处处闪动着幽默与智慧的光芒。为了品尝这份独特的心灵盛宴,我们有必要认真查阅工具书,了解文中的生僻字、人名、书名,这定会让你收获多多。

我是主人

陈 染 / 著

导读：

在读书这件事上，每个人的目的、方法、收获各不相同。有的人读了一辈子书，却毫无创见；而有的人，却往往能从书中获得新的见解，或者对个人生活与事业有益的启发。有的人盲目相信书，做一切事情，都墨守书本，成了书的奴隶；而有的人，却能够对书善加利用，让书为自己服务，成为书的主人。女作家陈染的这篇散文，讲述了自己的读书经历和经验。很显然，她乐于做书的主人。

可以说，我是在书房里"玩"大的，尽管我也曾一度沦为书奴。我说玩，并不是指真正的玩，而是指读书时的一种轻松、自由、纯净与快乐的玩的心理与情绪。

我先偷两句古人的话做我的保驾。中国有个活了两千三百岁的老头儿叫庄周，他曾说过至乐无乐、大智无智这样的话。在我现在的理解里，那就是：文化乃至任何一种事物发展到一种极单纯极轻松的境界才是最为高级的境界。我们常常看到一种哲人，他们把生活里最为简单易懂的事物硬是死去活来地倒腾成深奥莫测似是而非的东西，嘴里冒出的好像也不是人说的话，我不知该称这种人是什么。我所崇敬的是那些懂得化繁为简懂得轻松自如的人。复杂后的简单，动荡后的宁静，悲哀后的快乐是人类成熟的一种标志。任何一个伟大的人物，我相信他（她）临死时所渴望的是自如、轻松与单纯。

我说玩的另一层含义是，我读的书实在不博大也不精奥。我敬重那些抱着目的读一辈子书的读书人。但对于我自己，却一直以为对某些书本的刨根问底究其终果，是不够自由的表现；而只知其然不知其所以然，我倒以为是相当聪明颖悟的。因为这个世界并不完全存在因为与所以。

我的整个学生时代，包括已经离开学生生涯的我的现在，一直都是在书的拥围里。然而，在老师逼迫下的读书与自己在家里的读书却在感情上存有天壤之别。

在学校里，老师屡屡告诫我的是刻苦、苦学，还用古人们的故事来教育启发我，诸如"头悬梁锥刺股"，什么"铁杵成针"之类。总之，离不了一个"苦"字。可是，干吗要"头悬梁"去读书呢？可见那有多么乏味，我看，应该立刻丢了书本跳进水里去游泳，或者站到阳台上冲着黄昏的夕阳干一杯；干吗要用粗铁棍去磨针呢？用铁钉或更细的铁丝去磨不好吗？可见古人有多么愚傻。和"苦"连在一起的书在我的眼里就是"奴隶主"，而我天性就不想做任何形式的奴隶。当然，我并不是说带苦味的书一定不好,它也许是绝顶的智慧,但同时它也许离你太遥远,你满眼的苦颜色,你的心在抗拒它,那么再好的书也是读不好的。可以打个比方,一个出家的僧人,假如他的心灵邪魔缠绕,不宁不静,那么即使让他封闭在一个无门的庙里,断酒肉、隔尘缘,他依然不会万念俱灰、超悟尘凡。林语堂先生也讲过,如果一个僧人回到社会里去,喝酒、吃肉、交女人,而同时并不腐蚀他的灵魂,那么他便是一个"高僧"了。我以为极是。所以,不要去学古人把头发系在房梁上,也不要用铁棒子磨针的精神去啃一本石头砌成的啃不动的书。因为,其结果可能是一无所获或所获甚微。

从我小时候去幼儿园,到长大上小学、中学、大学,我始终在可乐地忙一件事:逃。我们的各种教育多看重共性,而几乎不讲个性。有些学校里强迫学生功课以外该读什么不该读什么,总想做别人心智的主宰,这无疑是一种"霸权主义"。现代奴隶在我眼里就是丧失心智自主权的人,所以,做个任人摆布的小学生是件悲哀的事情。这也是我总想逃离群体而最终不能成为一个老师眼里的本分学生的根本。

读书的灵魂应该是自由。我读书基本上就是在这种状态下进行,也就是前边提到的"玩"的心境下进行的。每每夜幕低垂,窗外黑风响得紧、雨珠敲得勤的时候,特别是冰冷彻骨的冬夜,房间里暖融融的,一盏孤灯、一杯香茶、一把软椅、一个平和的心境,加上一本好书,真是世间难寻的幸福,一个默想人生领悟世界的境界。这份宁静与沉思的享受并不是谁人都可以得到的。

世上的读书人大致有书主和书奴两类。"锥刺股"们以及在考试的压迫下读书的,即是书奴;相反,那种借着书页浏览了大自然美丽景致或者似与一位大智者畅谈一番的快乐忘情之人,便是书主。当然,有时候往往是那些深受压迫的书奴表现最为谦逊、最为随和、最为合群;而那种心灵极度自由、深爱孤静,沉迷一灯一椅一茶一书的书主却显得落落寡合。遗憾的是,在多数人眼里,前者往往被看作合乎规范与情理。我却不这样看,勉强心智去做自己不喜爱的事才是不合规范与情理的。

话说回来,对书的选择应是自由,与书的依附关系更应是自由。我和书的友谊就是一个由紧密到松散的过程。正像一对情人,由初恋的如蜜似胶相依相偎,发展到后来的一种无须言语,然而却默契理解刻骨铭心的散淡。

大约爱书成癖的人最初都很"痴",他们用一本一本的书砌成一个个沉重的城堡,把自己围在里面,生活本身却在城堡的外边。他们一本一本地狂啃,带着一种忧思,一种模糊,一种梦幻,以为吃完了城堡就可以看到真理了,智慧就可以攥在手里了。我曾经就是这样一个痴人,只是似乎领悟了点什么。其实,城堡外边的生活里,智慧就那么简简单单没有加工地明摆着。

当然,这个发现只有把自己关在城堡里的人关到最后才能拾到。当有一天,天空的星星与地上的雨声全都睡去,他在城堡里关得太久而失眠的时候,他无意破开城堡的一个小窗口,他发现夜色里游来荡去全是人,大家都在寻找着什么,都在睁着发亮的眼睛望星空。他走出城堡，看到每个人空空洞洞的脸的后面都有一段故事，比城堡里的更鲜活生动；他听到每一个人的笑声深处都是一种经验和智慧，比城堡里的更美丽，也更丑恶，他以前怎么没有看到和听到呢？从这时开始，城堡慢慢开始融化，压在肩上的沉重忧郁的大书柜慢慢坍塌化解成平平淡淡的生活。当然，这并不等于老子的"绝圣弃智、绝学无忧"，而是合上了小书，翻开了大书。

"走进走出"的过程，并不是决然鲜明的分隔。现在，当我外出游览时，自然不会再像以前那样背上一堆书，甚至背上大字典。书已经无形地装在我心里了，眼睛看得到看不到它已经不再是最重要的事情。我可以看许多许多"大书"——看老榆树沉稳地站立，看柔弱的风怎样躲开雨滴，看夜色皮肤的衰老，看悲哀的病鸟躲进黄昏的瓦缝，看泪眼里面的晴空，看晴空后边的背影，背影里死亡的梦和没有梦的宁静，去看很多很多。世界比书本的颜色多得多。

阅读感悟：

　　陈染是一位小说家，而不是学问家。她在读书时，抱着一种"玩的心理与情绪"。文章一开头，就借用庄子的话，表明自己读书向往单纯轻松的境界，不喜欢刨根问底式的读书。接着，她对在学校里老师灌输的一些"苦学"名言和故事进行了质疑，明确提出，自己反对苦读书。她以自己的读书经历、读书状态，表达了对灵魂自由的向往。陈染对书主和书奴的分析，也结合了自己的经验，她再次强调了对书的选择应该自由。之后，她以自己的经验提醒读者，不要把自己关在书的"城堡"里只读纸书，更要读一读生活这本大书。这篇散文写得轻松幽默，就像作者在和你面对面谈心，却语重心长，充满哲理。你也许不必像作者那样去读书，可是，永远记着"我是主人"，一定会让你在读书时有更多收益。

窃读记

林海音 / 著

导读：
　　窃，就是偷。读书还需要偷吗？窃读，又是怎样的滋味呢？这篇我国台湾作家林海音的散文所讲述的故事里，有悲伤，有甜蜜，也有一个女孩心灵的成长。

　　转过街角，看见三阳春的冲天招牌，闻见炒菜的香味，听见锅勺敲打的声音，我松了一口气，放慢了脚步。下课从学校急急赶到这里，身上已经汗涔涔的，总算到达目的地——目的可不是三阳春，而是紧邻它的一家书店。

　　我趁着漫步给脑子一个思索的机会："昨天读到什么地方了？那女孩不知以后嫁给谁？那本书放在哪里？左角第三排，不错……"走到三阳春的门口，便可以看见书店里仍像往日那样地挤满了顾客，我可以安心了。但是我又担忧那本书会不会卖光了，因为一连几天都看见有人买，昨天好像只剩下一两本了。

我跨进书店门,暗喜没人注意。我踮起脚尖,使矮小的身体挨蹭过别的顾客和书柜的夹缝,从大人的腋下钻过去,哟,把短发弄乱了,没关系,我到底挤到里边来了。在一片花绿封面的排列队里,我的眼睛过于急忙地寻找,反而看不到那本书的所在。从头来,再数一遍,啊!它在这里,原来不是在昨天那位置了。

我庆幸它居然没有被卖出去,仍四平八稳地躺在书架上,专候我的光临。我多么高兴,又多么渴望地伸手去拿,但和我的手同时抵达的,还有一双巨掌,十个手指大大地分开来,压住了那本书的整个:

"你到底买不买?"

声音不算小,惊动了其他顾客,全部回过头来,面向着我。我像一个被捉到的小偷,羞惭而尴尬,涨红了脸。我抬起头,难堪地望着他——那书店的老板,威风凛凛地俯视着我。店是他的,他有全部的理由用这种声气对待我。我用几乎要哭出来的声音,悲愤地反抗了一句:

"看看都不行吗?"其实我的声音是多么软弱无力!

在众目睽睽之下,我几乎是狼狈地跨出了店门,脚跟后面紧跟着的是老板的冷笑:"不是一回了!"不是一回了?那口气对我还算是宽容的,仿佛我是一个不可以再原谅的惯贼。但我是偷窃了什么吗?我不过是一个无力购买而又渴望读到那本书的穷学生!

曾经有一天,我偶然走过书店的窗前,窗里刚好摆了几本慕名很久而无缘一读的名著，欲望推动着我，不由得走进书店，想打听一下它的价钱。也许是我太矮小了，不引人注意，竟没有人过来招呼，我就随便翻开一本摆在长桌上的书，慢慢读下去，读了一会儿仍没有人理会，而书中的故事已使我全神贯注，舍不得放下了。直到好大工夫，才过来一位店员，我赶忙合起书来递给他看，煞有介事似的问他价钱，我明知道，任何便宜价钱对于我都是枉然的，我绝没有多余的钱去买。

但是自此以后，我得了一条不费一文钱读书的门径。下课后急忙赶到这条"文化街"，这里书店林立，使我有更多的机会。

一页，两页，我如饥饿的瘦狼，贪婪地吞读下去，我很快乐，也很惧怕，这种窃读的滋味！有时一本书我要分别到几家书店去读完，比如当我觉得当时的环境已不适宜我再在这家书店站下去的话，我便要知趣地放下书，若无其事地走出去，然后再走入另一家。

我希望到顾客正多着的书店，就是因为那样可以把矮小的我挤进去，而不致被人注意。偶然进来看看闲书的人虽然很多，但是像我这样常常光顾而从不买一本的，实在没有。因此我要把自己隐藏起来，真是像个小偷似的。有时我贴在一个大人的身边，仿佛我是与他同来的小妹妹或者女儿。

最令人开心的是下雨天，感谢雨水的灌溉，越是倾盆大雨我越高兴，因为那时我便有充足的理由在书店待下去。好像躲雨人偶然避雨到人家的屋檐下，你总不好意思赶走吧？我有时还要装着皱起眉头不时望着街心，好像说："这雨，害得我回不去了。"其实,我的心里是怎样高兴地喊着:"再大些!再大些!"

但我也不是读书能够废寝忘食的人,当三阳春正上座,飘来一阵阵炒菜香时,我也饿得饥肠辘辘,那时我也不免要做个白日梦:如果袋中有钱该多么好!到三阳春吃碗热热的排骨大面,回来这里已经有人给摆上一张弹簧沙发,坐上去舒舒服服地接着看。我的腿真够酸了,交替着用一条腿支持另一条,有时忘形地撅着屁股依赖在书柜旁,以求暂时的休息。明明知道回家还有一段路程要走,可是求知的欲望这么迫切,使我舍不得放弃任何可捉住的窃读机会。

为了解决肚子的饥饿,我又想出一个好办法:临来时买上两个铜板(两个铜板或许有)的花生米放在制服口袋里,当智慧之田丰收,而胃袋求救的时候,我便从口袋里掏出花生米来救急。要注意的是花生皮必须留在口袋里,回到家把口袋翻过来,细碎的花生皮便像雪花一样地飞落下来。

但在这次屈辱之后,我的小心灵确受了创伤,我的因贫苦而引起的自卑感再次地犯发,而且产生了对人类的仇恨。有一次刚好读到一首真像为我写照的小诗时,更增加了我的悲愤。那小诗是一个外国女诗人的手笔,我曾抄录下来,贴在床前,伤心地一遍遍读着。小诗说:

我看见一个眼睛充满热烈希望的小孩,
在书摊上翻开一本书来,
读时好似想一口气念完。

摆书摊的人看见这样，
我看见他很快地向小孩招呼：
"你从来没有买过书，
所以请你不要在这里看书。"
小孩慢慢地踱着叹口气，
他真希望自己从来没有认过字母，
他就不会看这老东西的书了。
穷人有好多苦痛，
富的永远没有尝过。
我不久又看见一个小孩，
他脸上老是有菜色，
那天至少是没有吃过东西——
他对着酒店的冻肉用眼睛去享受。
我想着这个小孩情形必定更苦，
这么饿着，想着，这样一个便士也没有。
对着烹得精美的好肉空望，
他免不了希望他生来没有学会吃东西。

我不再去书店，许多次我经过文化街都狠心咬牙地走过去。但一次，两次，我下意识地走向那熟悉的街，终于有一天．求知的欲望迫使我再度停下来，我仍愿一试，因为一本新书的出版广告，我从报上知道好多天了。

我再施惯伎，又把自己藏在书店的一角。当我翻开第一页时，心中不禁轻轻呼道:"啊!终于和你相见!"这是一本畅销的书,那么厚厚的一册,拿在手里,看在眼里,多够分量!受了前次的教训,我更小心地不敢贪婪,多串几家书店更妥当些,免得再遭遇到前次的难堪。

每次从书店出来,我都像喝醉了酒似的,脑子被书中的人物所扰,跟跟跄跄,走路失去控制的能力。"明天早些来,可以全部看完了。"我告诉自己。想到明天仍可以占有书店的一角时,被快乐激动的忘形之躯,便险些撞到树干上去。

可是第二天走过几家书店都看不见那本书时,像在手中正看得起劲的书被人抢去一样。我暗暗焦急,并且诅咒地想:皆因没有钱,我不能占有读书的全部快乐,世上有钱的人这样多,他们把书买光了。

我惨淡无神地提着书包,抱着绝望的心情走进最末一家书店。昨天在这里看书时,已经剩了最后一册,可不是,看见书架上那本书的位置换了另外的书,心整个沉下了。

正在这时,一个耳朵架着铅笔的店员走过来了,看那样子是来招呼我的(我多么怕受人招待)。我慌忙把眼睛送上了书架,装作没看见。但是一本书触着我的胳膊,轻轻地送到我的面前:"请看吧,我多留了一天没有卖。"

啊,我接过书害羞得不知应当如何对他表示我的感激,他却若无其事地走开了。被冲动的情感,使我的眼光久久不能集中在书本上。

当书店的日光灯忽地亮了起来,我才觉出已站在这里读两个钟点了。我合上最后一页——咽了一口唾沫,好像所有的智慧都被我吞食下去了。然后抬头找寻那耳朵上架着铅笔的人,好交还他这本书。在远远的柜台旁,他向我轻轻地点点头,表示他已经知道我看完了,我默默地把书放回书架上。

我低着头走出去,黑色多皱的布裙被风吹开来,像一把支不开的破伞,可是我浑身都松快了。摸摸口袋里是一包忘记吃的花生米,我拿一粒花生米送进嘴里,忽然想起有一次国文先生鼓励我们用功的话:

"记住,你是吃饭长大,也是读书长大的!"

但是,今天我发现这句话还不够用,它应当这么说:

"记住,你是吃饭长大,读书长大,也是在爱里长大的!"

阅读感悟：

　　文章先写"我"一次窃读时被书店老板发现，老板不友好的态度让"我"内心受到了屈辱。然后，回忆了"我"想方设法到书店窃读的经历，生动地表现了"我"对读书的热爱。这场心灵的屈辱，让"我"甚至"产生了对人类的仇恨"。然而，当"我"再次鼓起勇气走入书店时，却遇到了一位待人友善的年轻店员，让"我"感受到了陌生人的善意帮助与关爱，相信自己"也是在爱里长大的"。细致入微的动作、语言、神态、心理描写，让本文很能引起读者的共鸣。文中讲述的事件虽小，情节却一波三折，引人入胜，体现了作者高超的叙事技巧。文中"我"的热爱读书、聪慧、调皮、机智、胆小、容易被感动的性格特点，被作者用细腻的心理活动描写表现得淋漓尽致。本文的语言也很讲究，文中把"黑色多皱的布裙"比喻成"支不开的破伞"，表现了"我"无钱买书的窘境，有点自我解嘲的意味，又衬托了"我"在店员的帮助下读完全书以后的开心与放松。

五

雪花飘飘

在中国东汉的字书《说文解字》中,这样解释"雪"字:"雪,凝雨说(悦)物者。"意思是说,雪是凝固的雨,万物都喜欢它。没错,雪是可爱的。有人整天在欣赏雪景;有人一大早看到下雪,就像孩子一样激动。有人用文字为雪景"拍照",有人用文字为下雪"录制"一段视频……本单元所选的,都是很美的写雪的文字。这些文字里,都饱含着对雪深挚的爱!

雪日

(日)德富芦花 / 著

晋学新 / 译

导读：
　　德富芦花是一位热爱并善于描写自然景物的日本作家。这位日本作家真有意思，在一个下雪的日子里，他好像从早到晚，都在关心着下雪的事情呢。

　　早晨起床后往外一看，满天满地白雪茫茫。

　　午前，细雪纷飞。午后，棉雪飘扬。雪终日不停地下着。

　　打开拉门，白玉般的雪片斜飞进屋。后山也因飞雪而一片朦胧。一阵大风吹来，积雪满天飞舞。午后，雪越下越大，连马车也无法行驶了。积雪沉沉，压弯了树枝，不时可以听到两三声树枝的折断声。

　　满天遍地，一片白茫茫，唯有前川河，呈现出灰黑色。十几只鸥鸟飞来，游嬉于水面，时而有两三只飞离水面，尽情地展开翅膀,迎着风雪搏击,然而,每次都被大风挡回来,徒然地落到河面。

终日白雪霏霏,天地被风雪掩没,人被风雪封锁,在风雪中迎来了黑夜。

夜里十时,提着灯往外望去,依旧飞雪纷纷。

阅读感悟:

这篇散文的语言很简洁,作者写树枝的折断声,写风雪中的鸥鸟飞翔的样子,都给人很深的印象。他仿佛是一位出色的国画家,用了简单的几笔,就描绘出了一天里不同时段下雪的情景。

初雪（节选）

（英）普里斯特利 / 著

李苏苹 / 译

导读：

　　普里斯特利（1894—1984），总体上是一位小说家和戏剧家，也是一位有趣的小品文作家。他兴趣广泛、为人热情、思维敏捷、才华出众。第二次世界大战时，是英国广播公司一名备受听众欢迎的播音员。这篇散文抒发了他对第一场雪的喜爱。

　　罗伯特·林德先生（英国评论家）曾经这样评论过珍妮·奥斯丁（英国十八世纪著名小说家，《傲慢与偏见》《爱玛》的作者）笔下的人物："他们是这样一些人，在他们的生活中，稍微下点雪也会成为一件大事。"即便是冒着这样的危险，在这位诙谐而真挚的批评家面前成为又一个乌德·豪斯先生（小说《爱玛》中的人物），我还是要坚持说，昨天夜里那场雪确实是件大事。今天早晨我几乎跟那群孩子一样兴奋，我看见他们都扒在托儿所的窗边，凝望着屋外那神奇的世界，不停地嚷嚷着，好像圣诞节突然又降临了。事实上，这场雪对他们和对我是同样奇异而迷人的。

这是我们今年冬天在这里遇上的第一场雪；去年我在国外，下雪季节我正在热带受灼烤。因此，在我看来似乎真有一个世纪没有看过大地像这样奇妙地被雪覆盖起来。那还是去年在国外时，我遇到三个英属几内亚的年轻姑娘，她们刚刚结束了在英格兰的首次旅游归来，降雪给她们留下了极为深刻的印象。当她们在索莫西特（英国南部的一个郡）一个什么地方停留时，一天早晨醒来发现白雪皑皑的自然景色。她们是那样激动，那样快乐，全然不顾娴静的年轻女子们所有的那种矫饰，冲出屋子，在那白色闪光的空旷地里来回地跑，欢乐地在未被踩踏过的雪地上撒下了脚印，就像今天早晨那些孩子在园子里做的那样。

第一场雪不仅仅是件大事，而且还是一桩具有魅力的事件。你在一种世界中进入梦乡，可当你醒来时，却处在另一个完全不同的世界中。这种隐秘性与奇异的寂静使得事情变得更加神奇。如果所有的雪都一下子全从天上哗啦啦地倒下来，把我们在半夜里惊醒，那么事情便失去它的神奇性了。雪花却在我们熟睡时，无声无息，一小时又一小时地轻轻飘下来。在紧闭着的卧室窗帘外，一个巨大的变化场面正在形成，正如有无数好心的小妖和精灵正在忙碌着。而我们却全然不知道，还在梦中翻身，打哈欠，伸懒腰。然而，这是一个多么离奇的变化啊！就好像你住的那所房子被扔到了另一块大陆上，甚至连雪根本没有触及的室内也显得变了样，每个房间都变得小了，更舒适了，好像有某一种力量正在企图把它们变成伐木人的小屋，或是一间温暖舒适的圆木造的小房子。屋外，昨天的花园现在已变成一片白色闪光的平面。花园那边的村子已不再是你熟悉的那一簇簇屋顶，而是出现了一个德国古老童话中的小村庄。你也不会感到吃惊，当你听说那里所有的人们、戴眼镜的女邮递员、皮匠、退休的小学校长以及其他的人，也都经历了同样的变化，而且都变成了古怪的像精灵般的人物，那些会供给你隐身帽与魔鞋的人，你会感到你自己也不完全是昨天的你了。当所有这些都发生了变化，你怎能不变呢？一种古怪的骚动，一阵激动引起的轻微颤抖影响了整座房子，这跟出外做一次旅行所激起的那种感觉是相似的。孩子们当然都特别兴奋，甚至连成年人都闲待在那里，彼此交谈比往日都长，然后才坐下，开始一天的工作。没有一个人会愿意离开窗口，就仿佛在船上时一样。

今天早晨我起床后，世界如同一个灰白和淡蓝色的冰冷的窟窿。从窗外射进来的阳光显得非常古怪，并且还打算把那些极为熟悉的事儿也变得古怪起来，例如洗脸、刮胡子、穿衣服。随后太阳出来了，当我坐下来用早餐时已是阳光灿烂，积雪被抹上了一层淡淡的玫瑰色。餐厅的窗户变成了一幅可爱的日本版画。屋外的那棵小李子树沐浴在阳光下，被染成淡玫瑰色的雪镶满了枝条，又非常巧妙地装点在树干上。一两个小时后，所有的一切都闪烁着白色和蓝色的寒冷光辉。世界又完全变了个样。那张小小的日本版画已完全消逝了。从我书房的窗户望出去，穿过花园，越过牧场，一直到远处那座矮矮的小山丘，地面如同一条长长的光带。天空是铁青色的，所有的树木现出许多黑色、不祥的形状。在整个景色中似乎确实有着什么莫测的不祥之物。就仿佛我们紧挨苏格兰中心的可爱乡村，已变成一片残忍的大草原了。似乎从那黑色的矮灌木丛中，随时都会冲出一队骑兵；甚至可以听到象征暴力的武器发出的撞击声；远处的雪地被血染红了。这就是那种景色。

如今一切又变了。那光带已经不见了，没有留下一丝丝不吉祥的痕迹。雪却下得很大，大片大片的柔软雪花使你简直没法看清那条浅河谷的对面。屋顶变厚了，树木都压弯了枝条。茫茫大雪中，村子教堂顶上那只依然可辨的风信标，已变成了汉斯·安徒生笔下的某个怪物了。从我的书房可以看见那些孩子把鼻子压扁在育儿室的玻璃窗上，一阵儿歌的喧闹声掠过我的脑海，那是当我还是个孩子，鼻子紧贴在窗子上，望着飘飞的雪花时反复唱过的一首儿歌：

雪花，雪花，快快飘，

好像洁白的石膏。

苏格兰杀死白天鹅，

而把羽毛往这儿抛。

阅读感悟：

　　这篇《初雪》让我们同样领会到了下雪给人们心灵带来的惊愕、新奇的感受。文章一开头，像孩子一样激动，认为这场雪"确实是件大事"，而且是"奇异而迷人的"。作者写到三个热带姑娘旅英时的感受，衬托了英国雪景的动人。接着，他用童话般的语言，将初雪给世界带来的奇妙变化，生动地展现出来。这场悄然降临的巨变，让成人和孩子都沉浸在奇异的激动里。文章用较多的笔墨，描写了室内外景象的变化，以及由此引发的奇异联想。对儿歌的引用，让这篇文章更加幽默有趣，富有感染力。人们为什么会那么喜欢下雪呢？文章在娓娓道来的叙述里，向我们揭示了答案。你发现这个答案了吗？

雪（节选）

鲁 彦 / 著

导读：

鲁彦（1901—1944），是一位英年早逝的作家。可是，他留下的这段描写下雪的文字，却堪称世界上最美的写雪的文字。只要世界上还有雪花，就总有人会想起这位作家……

美丽的雪花飞舞起来了。我已经有三年不曾见着它。

去年在福建，仿佛比现在更迟一点，也曾见过雪。但那是远处山顶的积雪，可不是飞舞着的雪花。在平原上，它只是偶然地随着雨点洒下来几颗，没有落到地面的时候，它的颜色是灰的，不是白色；它的重量像是雨点，并不会飞舞。一到地面，它立刻融成了水，没有痕迹，也未尝跳跃，也未尝发出窸窣的声音，像江浙一带下雪时的模样。这样的雪，在四十年来第一次看见它的老年的福建人，诚然能感到特别的意味，谈得津津有味，但在我，却总觉得索然。"福建下过雪"，我可没有这样想过。

我喜欢眼前飞舞着的上海的雪花。它才是"雪白"的白色,也才是花一样的美丽。它好像比空气还轻,并不从半空里落下来,而是被空气从地面卷起来的。然而它又像是活的生物,像夏天黄昏时候的成群的蚊蚋,像春天流蜜时期的蜜蜂,它的忙碌的飞翔,或上或下,或快或慢,或粘着人身,或拥入窗隙,仿佛自有它自己的意志和目的。它静默无声。但在它飞舞的时候,我们似乎听见了千百万人马的呼号和脚步声,大海的汹涌的波涛声,森林的狂吼声,有时又似乎听见了情人的切切的密语声,礼拜堂的平静的晚祷声,花园里的欢乐的鸟歌声……它所带来的是阴沉与严寒。但在它的飞舞的姿态中,我们看见了慈善的母亲,柔和的情人,活泼的孩子,微笑的花,温暖的太阳,静默的晚霞……它没有气息。但当它扑到我们面上的时候,我们似乎闻到了旷野间鲜洁的空气的气息,山谷中幽雅的兰花的气息,花园里浓郁的玫瑰的气息,清淡的茉莉花的气息……在白天,它做出千百种婀娜的姿态;夜间,它发出银色的光辉,照耀着我们行路的人,又在我们的玻璃窗上札札地绘就了各式各样的花卉和树木,斜的,直的,弯的,倒的;还有那河流,那天上的云……

现在,美丽的雪花飞舞了。我喜欢,我已经有三年不曾见着它。

阅读感悟：

　　这些文字，节选自鲁彦的散文《雪》的前半部分。作者先写自己三年没有见着雪花飞舞了，却又写到去年曾在福建看到雪。这看似矛盾的话，却表达了他对眼前这场上海的雪的喜爱。因为在他眼中，去年在福建见到的雪，算不上飞舞着的雪花。作者用了许多比喻，还有拟人的写法，来表现眼前雪花飞舞的样子。他还展开丰富而优美的想象，写了飞舞的雪花所带给人的感受，让读者仿佛亲眼见到了这场雪，和诗人一样就站在飞舞着的雪花中。你认真观察过眼前纷纷扬扬飞舞的雪花吗？你将用什么样的句子来描绘它们呢？

鸡

对于在乡村生活的孩子们来说，鸡是一种常见的家禽。他们对鸡有着很深的感情。鸡下了蛋，可以卖钱，用来买文具或日常用品。孩子上学出远门，妈妈常煮几个热乎乎的鸡蛋，塞进孩子的书包里。城里的孩子很少养过鸡，但读了下面几篇关于鸡的散文，也准会被感动的！

痴鸡

曹文轩 / 著

导读:
　　痴,就是呆傻、迟钝,对某件事执迷不悟。"我"家的一只黑母鸡痴了,因为它一心想要孵小鸡,做鸡妈妈。为了拯救这只母鸡,人们对这只"痴鸡"做了什么?结果又怎样呢?

　　每年春天,总有那么几只母鸡,要克制不住地生长出孵小鸡的欲望。那些日子,它们几乎不吃不喝,到处寻觅着鸡蛋。一见鸡蛋,就会惊喜地"咯咯咯"地叫唤几声,然后绕蛋转上几圈,蓬松开羽毛,慢慢蹲下去,将蛋拢住,焐在胸脯下面。但许多人家却并无孵小鸡的打算,便在心里不能同意这些母鸡的想法。再说,正值春日,应是母鸡好好下蛋的季节。这些母鸡一旦要孵小鸡时,便进入痴迷状态,而废寝忘食的结果是再也不能下蛋。这就使得主人很恼火,于是就会采取种种手段将这些痴鸡从孵小鸡的欲望中拖拽回来。

这样行为,叫"醒鸡"。

我总记着许多年前,我家的一只黑母鸡。

那年春天,它也想孵小鸡。第一个看出它有这个念头的是母亲。她几次喂食,见它心不在焉只是很随意地啄几粒食就独自走到一边去时,说:"它莫非要孵小鸡?"我们小孩一听很高兴:"噢,孵小鸡,孵小鸡了。"

母亲说:"不能。你大姨妈家,已有一只鸡代我们家孵了。这只黑鸡,它应该下蛋。它是最能下蛋的一只鸡。"

我从母亲的眼中可以看出,她已很仔细地在心中盘算过这只黑鸡将会在春季里产多少蛋,这些蛋又可以换回多少油盐酱醋来。她看了看那只黑母鸡,似乎有点为难。但最后还是说:"万万不能让它孵小鸡。"

这天,母亲终于认定了黑母鸡确实有了孵小鸡的念头,并进入状态了。得出这一结论,是因为她忽然发现黑母鸡不见了,便去找它,最后在鸡窝里发现了它,那时,它正一本正经、全神贯注地趴在几只尚未来得及取出的鸡蛋上。母亲将它抓出来时,那几只鸡蛋早已被焐得很暖和了。

母亲给了我一根竹竿:"撵它,大声喊,把它吓醒。"

"让它孵吧。"

母亲坚持说:"不能。鸡不下蛋,你连头瓶墨水的钱都没有。"

我知道不能改变母亲的主意,取过竹竿,跑过去将黑鸡撵起来。它在前面跑,我就挥着竹竿在后面追,并大声喊叫:"噢——!噢——!"从屋前到屋后,从竹林追到菜园,从路上追到地里。看着黑母鸡狼狈逃窜的样子，我竟在追赶中在心里觉到了一种快意。我用双目将它盯紧，把追赶的速度不断加快，把喊叫的声音不断加大，引得正要去上学的学生和正要下地干活的人都站住了看。几个妹妹起初是站在那儿跟着叫，后来也操了棍棒之类的家伙参加进来，与我一起轰赶。

黑母鸡的速度越来越慢，翅膀也耷拉了下来，还不时地跌倒。见竹竿挥舞过来，只好又挣扎着爬起，继续跑。

我终于精疲力竭地瘫坐在了草垛底下，一边喘气，一边抹着额头上的大汗。

黑母鸡钻到了草丛里，一声不吭地直将自己藏到傍晚，才钻出草丛。

但经这一惊吓，黑母鸡似乎并未醒来。它晾着双翅，咯咯咯地叫着，依旧寻觅着鸡蛋。它一下子就瘦损下来，似乎只剩了一只空壳。本来鲜红欲滴的鸡冠，此时失了血色，而一身漆黑的羽毛也变得枯焦，失去了光泽。不知是因为它总晾着翅膀使其他的鸡误以为它有进攻的意思，还是因为鸡们如人类一样喜欢捉弄痴子，总而言之，它们不是群起而追之，便是群起而啄之。它毫无反抗的念头，且也无反抗的能力，在追赶与攻击中，只能仓皇逃窜，只能蜷缩在角落上，被啄得一地羽毛。它的脸上已有几处流血。每逢看到如此情景，我一边为它的执迷不悟而生气，一边用竹竿去狠狠打击那些心狠嘴辣的鸡，使它能够摇晃着身体躲藏起来。

过不几天，大姨妈家送孵出的小鸡来了。

黑母鸡一听到小鸡叫，立即直起颈子，随即大步跑过来，翅大身轻，简直像飞。见了小鸡，它竟不顾有人在旁，就咯咯咯地跑过来。它要做鸡妈妈。但那些小鸡一见了它，就像小孩一见到疯子，吓得四处逃散。我就仿佛听见黑母鸡说"你们怎么跑了"，只见它四处去追那些小鸡。等追着了，它就用大翅将它们罩到了怀里。那被罩住的小鸡，就在黑暗里惊叫，然后用力地钻了出来，往人腿下跑。它东追西撵，弄得小鸡们东一只西一只，四下里一片"唧唧唧"的鸡叫声。

母亲说："还不赶快将它赶出去！"

我拿了竹竿，就去轰它。起初它不管不顾，后来终于受不了竹竿抽打在身上的疼痛，只好先丢下了小鸡们，逃到竹林里去了。

我们将受了惊的小鸡们一只一只找回来。它们互相见到之后，竟很令人怜爱地互相拥挤成一团，目光里满是怯生生的神情。

而竹林里的黑母鸡，一直在叫唤着。停住不叫时，就在地上啄食。其实并未真正啄食，只是做出啄食的样子。在它眼里，它的周围似乎有一群小鸡。它要教它们啄食。它竟然在啄了一阵食之后，幸福地扇动了几下翅膀。

当它终于发现，它只是孤单一只时，便从竹林里惊慌地跑出，到处叫着。

被母亲捉回笼子里的小鸡们，听见黑母鸡的叫声，挤作一团，瑟瑟发抖。

母亲说："非得把这痴鸡弄醒，要不这群小鸡不得安生的。"

母亲专门将邻居家的毛头请来对付黑母鸡。毛头做了一面小旗，然后一笑，将黑母鸡抓住，将这小旗缚在了它的尾巴上。毛头将它松开后，它误以为有什么东西向它飞来了，惊得大叫，发疯似的跑起来。那面小旗直挺挺地竖在尾巴上，在风中沙沙作响，这就更增加了黑母鸡的恐惧，于是更不要命地奔跑。

我们就都跑出来看。黑母鸡不用人追赶，屋前屋后无休止地跑着，样子很滑稽。于是邻居家的几个小孩，就拍着手，跳起来乐。

黑母鸡后来飞到了草垛上。它原以为会摆脱小旗的，不想小旗仍然跟着它。它又从草垛上飞了下来。在它从草垛上飞下来时，我看见那面小旗在风中飞扬，犹如给黑母鸡又插上了一只翅膀。

其他的鸡也被惊得到处乱飞，家中那只黄狗汪汪乱叫。道道地地的鸡犬不宁。

黑母鸡钻进了竹林，那面小旗被竹枝勾住，终于从它的尾巴上被拽了下来。它跌倒在地上，很久未能爬起来，张着嘴巴光喘气。黑母鸡依旧没有能够醒来。而经过这段时间的折腾，其他的母鸡也不能下蛋了。

"把它卖掉吧。"我说。

母亲说："谁要一副骨头架子？"

邻居家的毛头似乎很乐于来处置这只黑母鸡。他又一笑，将它抱到河边上，突然一旋身体，将它抛到河的上空。黑母鸡落到水中，沉没了一下，浮出水面，伸长脖子，向岸边游来。

毛头早站在了那儿，等它游到岸边，又将它捉住，更远地抛到河的上空。毛头从中得到了一种残忍的快感，咧开嘴乐，将黑母鸡一次比一次抛得更远，而黑母鸡越来越游不动了。鸡的羽毛不像鸭的羽毛不沾水，几次游动之后，它的羽毛完全地湿透，露出肉来的身体如铅团一样坠着往水里沉。它奋力拍打着翅膀，十分吃力地往岸边游着。好几回，眼看要沉下去了，它又挣扎着伸长脖子游动起来。

毛头弄得自己一身是水。

当黑母鸡再一次拼了命游回到岸边时，母亲让毛头别再抛了。

黑母鸡爬到岸上，再也不能动弹。我将它抱回，放到一堆干草上。它缩着身体，在阳光下索索发抖。呆滞的目光里，空空洞洞。

黑母鸡变得古怪起来，它晚上不肯入窝，总要人找上半天，才能找回它。而早上一出窝，就独自一个跑开了，或钻到草垛的洞里，或钻在一只废弃了的盒子里，搞得家里的人都很心烦。又过了两天，它简直变得可恶了。当小鸡从笼子里放出，在院子里走动时，它就会出其不意地跑出，去追小鸡。一旦追上时，它便显出一种变态的狠毒，竟如鹰一样，用翅膀去打击小鸡，直把小鸡打得乱飞乱叫。

母亲赶开它说："你大概要挨宰了！"

一天，家里无人，黑母鸡大概因为一只小鸡并不认它，企图摆脱它的爱抚，竟啄了那只小鸡的翅膀。

母亲回来后见到这只小鸡的翅膀流着血,很心疼,就又去叫来毛头。

毛头说:"这一回,它再不醒,就真的醒不来了。"他找了一块黑布,将黑母鸡的双眼蒙住,然后举起来,将它的双爪放在一根晾衣服的铁丝上。

黑母鸡站在铁丝上晃悠不止。那时候它的恐惧可想而知,大概要比人立于悬崖面临万丈深渊更甚。因为人毕竟可以看见万丈深渊,而这只黑母鸡却在一片黑暗里。它用双爪死死抓住铁丝,张开翅膀竭力保持平衡。

起风了,风吹得铁丝呜呜响。黑母鸡在铁丝上开始大幅度地晃悠。它除了用双爪抓住铁丝,还蹲下身子,将胸脯紧贴着铁丝,两只翅膀一刻也不敢收拢。即便是这样,在经过长时间的坚持之后,保持平衡也已随时不能了。它几次差点从铁丝上栽下来,靠用力扇动翅膀之后,才又勉强留在铁丝上。

我看了它一眼,上学去了。

课堂上,我就没有怎么听老师讲课,眼前老是晃动着一根铁丝,铁丝上站着那只摇摆不定的黑母鸡。放了学,我匆匆往家赶,进院子一看,却见黑母鸡居然还奇迹般地留在铁丝上。我立即将它抱下,解了黑布,将它放在地上。它瘫痪在地上,竟一步不能走动了。

母亲抓了一把米,放在它嘴边。它吃了几粒就不吃了。母亲又端来半碗水,它却迫不及待地将嘴伸进水中,转眼间就将水喝光了。这时,它慢慢地立起身,摇晃着走到篱笆下。估计还是没有力气,就又在篱笆下蹲了下来,一副很安静的样子。

母亲叹息道:"这回大概要醒来了。再醒不来,也不要再去惊它了。"

傍晚,黑母鸡等其他的鸡差不多进窝后,也摇摇晃晃地进了窝。

我对母亲说:"它怕是真的醒了。"

母亲说:"以后得把它分开来,让它吃些偏食。"

然而,过了两天,黑母鸡却不见了,无论你怎么四处去唤它,也未能将它唤出。我们就只能寄希望于它自己走出来了。但一个星期过去了,也未能见到它的踪影。

我就满世界去找它,大声呼唤着。

母亲说:"怕是被黄鼠狼拖去了。"

我们终于失望了。

母亲很惋惜:"谁让它痴的呢?"

起初,我还想着它,十天之后,便也将它淡忘了。

黑母鸡失踪后三十多天,这天,我和母亲正在菜园里种菜,忽然隐隐约约地听到不远处的竹林里有小鸡的叫声。"谁家的小鸡跑到我们家竹林里来了?"母亲这么一说,我们也就不再在意了。但过不一会儿,又听到了咯咯咯的母鸡声,我和母亲不约而同地都站了起来:"怎么像我们家黑母鸡的声音?"再循声望去时,眼前的情景把我和母亲惊呆了。

黑母鸡领着一群小鸡正走出竹林,来到一棵柳树下。当时,正是中午,阳光明亮照眼,微风中,柳丝轻轻飘扬。那些小鸡似乎已经长了一些日子，都已显出羽色了，竟一只只都是白的，像一团团雪，在黑母鸡周围欢快地觅食与玩耍。其中一只，看见柳丝在飘扬，竟跳起来想用嘴去叼住，却未能叼住，倒跌在地上，笨拙地翻了一个跟头。再细看黑母鸡，只见它神态安详，再无一丝痴态，鸡冠也红了，毛也亮亮闪闪地又紧密又有光泽。

我跳过篱笆，连忙从家里抓来米，轻轻走过去，撒给黑母鸡和它的一群白色的小鸡。它们并不怕人，很高兴地啄着。

母亲纳闷："它是在哪孵了一窝小鸡呢？"

半年之后，我和母亲到距家五十多米的东河边上去把一垛草准备弄回来时，发现那个本是孩子们捉迷藏用的洞里，竟有许多带有血迹的蛋壳。我和母亲猜想，这些鸡蛋，就是在黑母鸡发痴时，我家的其他母鸡受了惊，不敢在家里的窝中下蛋，将蛋下到这儿来了。这片地方长了许多杂草，很少有人到这儿来。大概是草籽和虫子，维持了黑母鸡与它的孩子们的生活。

黑母鸡自从出现之后，就再也没有领着它的孩子回那个寂寞的草垛洞。

阅读感悟：

有人认为这是一篇小说，也有人把它选入散文选本里。但无论如何，这篇作品中，一定有着曹文轩先生早年乡村生活的印迹。这篇文章讲述的故事很简单，故事情节却跌宕起伏，结局出人意料，很好地体现了作者的创作主张。为了维持清贫的生活，让黑母鸡多下蛋，必须阻止它孵小鸡，吓醒它。于是，"我"拿竹竿赶它，毛头在它尾巴上绑了小旗吓唬它，还把它一再丢进水里折腾它，又用黑布蒙着它的眼睛，让它晃晃悠悠站在铁丝上胆战心惊。人们想尽了办法，黑母鸡吃尽了苦头，可是，它仍然痴心不改。终于，它失踪了，一个月后，它竟然带回了一窝雪白的小鸡。这只痴鸡，为做鸡妈妈，坚韧、执着，真有一种百折不回的精神。这篇作品，可以看作是对母性与母爱的礼赞。

母鸡

老舍 / 著

导读：
作者原本是讨厌母鸡的，可又是什么原因，让他改变了对母鸡的看法了呢？

我一向讨厌母鸡。不知怎样受了点惊恐，听吧，它由前院嘎嘎到后院，由后院又嘎嘎到前院，没结没完，而并没有什么理由；讨厌！有的时候，它不这样乱叫，而是细声细气的，有什么心事似的，颤颤巍巍的，顺着墙根，或沿着田坝，那么扯长了声如怨如诉，使人心中立刻结起个小疙瘩来。

它永远不反抗公鸡。可是，有时候却欺侮那最忠厚的鸭子。更可恶的是它遇到另一只母鸡的时候，它会下毒手，乘其不备，狠狠地咬一口，咬下一撮儿毛来。

到下蛋的时候，它差不多是发了狂，恨不能使全世界都知道它这点成绩；就是聋子也会被它吵得受不下去。

可是，现在我改变了心思，我看见了一只孵出一群小雏鸡的母鸡。

不论是在院里，还是在院外，它总是挺着脖儿，表示出世界上并没有可怕的东西。一个鸟儿飞过，或是什么东西响了一声，它立刻警戒起来，歪着头儿听；挺着身儿预备作战；看看前，看看后，咕咕地警告鸡雏要马上集合到它身边来！

当它发现了一点可吃的东西，它咕咕地紧叫，啄一啄那个东西，马上便放下，教它的儿女吃。结果，每一只鸡雏的肚子都圆圆地下垂，像刚装了一两个汤圆儿似的，它自己却消瘦了许多。假若有别的大鸡来抢食，它一定出击，把它们赶出老远，连大公鸡也怕它三分。

它教给雏鸡们啄食，掘地，用土洗澡；一天教多少多少次。它还半蹲着——我想这是相当劳累的——教它们挤在它的翅下、胸下，得一点温暖。它若伏在地上，雏鸡们有的便爬在它的背上，啄它的头或别的地方，它一声也不哼。

在夜间若有什么动静，它便放声啼叫，顶尖锐、顶凄惨，使任何贪睡的人也得起来看看，是不是有了黄鼠狼。

它负责、慈爱、勇敢、辛苦，因为它有了一群雏鸡。它伟大，因为它是鸡母亲。一个母亲必定就是一位英雄。

我不敢再讨厌母鸡了。

阅读感悟：

老舍先生讨厌母鸡时，的确有许多讨厌的理由。可当他喜欢起母鸡来，又是多么毫不掩饰地喜欢啊！改变心思的原因，只是他看见了一只孵出一群小雏鸡的母鸡。这只母鸡对鸡雏所做的一切，真像是一位伟大的母亲。他称赞母鸡的负责、慈祥、勇敢、辛苦，并称它是"一位英雄"。老舍先生对母鸡的生活，一定投入过相当用心的观察和思考，所以才能把母鸡的动作、声音、习性描写得那样逼真。有人认为，这篇写于抗日战争期间的散文，表现了中国人的一种精神，你认同这种看法吗？

我家养鸡

韩少功 / 著

导读：
　　这是作家韩少功先生回忆童年生活的散文。题目为《我家养鸡》，文章写了将近一半的篇幅，竟没有写到养鸡的事情，而是用较多的笔墨写了童年的那场饥饿，这是为什么呢？

　　我上小学后不久，正碰上困难时期，到处都在议论粮食短缺的问题。不时听说有些人饿死了，有些人被饥饿所逼而逃荒他乡，更多的人被饿出水肿病——父亲就患了这种病。他脸色苍白，全身浮肿，用指头在他的肌肤上戳一下，戳出的一个小小肉窝，久久不能恢复原状。

　　街上什么东西都贵得吓人，而且没有什么吃的可买；还出现了很多乞丐，三五成群的。更可怕的是一些劫犯，专抢吃的东西。有次我看见一个工人模样的人刚走出店门，手中一只热腾腾的馒头就被一个小劫犯呼地一下抢去了。工人模样的人马上追过去，揪住那人的头发便打，大哭大喊，硬要用水果刀杀了小劫犯。但任凭他怎么打，劫犯既不还手也不闪避，只是缩着脑袋大口吞吃，一晃眼那个馒头就吃得干干净净了。

口粮标准一再减低，政府提倡用瓜菜来代替米粮。但那时候瓜菜也很难买到了。早上去买菜，得带上一种购菜卡，根据卡上的购菜限量标准，每人可买上二两或四两。很多小学生也挤在菜店前的长长队伍里，伸长颈脖对那些售货员大喊："爷爷——""娭毑（aī jiě，奶奶）——""姑姑——"……他们竞相讨好售货员，无非是为了在买菜时能多得到一个小萝卜或一根小苋（xiàn）菜。

父母想尽了办法来让我们四个孩子不至于饿倒。有一次，爸爸弄回了很多红薯藤，说要在红薯藤里提取淀粉。我们挑了一根藤，咔嚓一折，藤的断口上果然渗出了星星点点的白色浆水，使我们欣喜异常。可是我们将这些红薯藤放到锅里煮熬了好半天，仍然只得到半锅黑黑的水，又苦又涩，半点儿能塞塞肚子的固体物质也找不着。

家里吃饭也开始计划配给。每天早上，母亲给我们几个孩子每人切下一块细糠饼，将细糠饼的大小厚薄仔细比较，怕分配得不公平。到中午，则把半锅饭搅得泡泡松松的，往桌上每只碗里装上一勺，就不可能再多了。我是最小的孩子，我的碗也是最小的。每次我都眼勾勾地盯着哥哥姐姐的大碗，觉得母亲对他们偏心，让他们吃得多。其实后来我也慢慢看出来了，哥哥姐姐也都眼勾勾地盯着我的碗，在羡慕嫉妒我碗里的丰满。

出于对父母的畏怯,我们都不敢争吵,默默地咽下一丝口水,然后默默地离开饭桌上学去。

有一天,妈妈从乡下探亲归来了,带回半布袋蚕豆,还带回了大小四只鸡!此起彼伏的鸡叫声带给了我们很多欢乐和想象。我想象以后鸡能生很多蛋,而那些蛋又能变成小鸡,小鸡长大以后又能生蛋。

给鸡找食的任务当然交给了孩子。每天放学以后,我回家第一件事就是去看鸡,有时还带回几个同学,让他们也能来逗鸡,见识这些颇为珍奇的小动物,共享我的幸福。然后,我就提着小竹篮出去挖蚯蚓,或是网捕飞虫,或是在路边捡烂菜叶。为了找到足够的鸡食,我得走很远很远,天黑时分才能回家。

哥哥姐姐比我忙,正准备考初中或考高中。他们常常为了赶课外作业而不能陪我出去找鸡食。碰到这种情况,我就觉得怨恨,觉得他们对鸡无情无义。

更可恼的是,他们俨然是半个大人了,经常附和着父母,用大人的腔调来提供杀鸡的理由。他们说,鸡不是人,养大就是让人吃,就要杀。他们议论着应该杀那只黑的,然后再吃那只白的……这种议论总引起我一场大吵大闹大哭。

不准杀鸡!——我吼得天昏地暗。

尽管一次次抗争,鸡还是一只只少了,最后,只剩下一只生蛋最多的黄色母鸡。这只鸡孤零零的,在小院子里踱来踱去,哪儿也找不到它的朋友。直到放学时分,才有我来给它喂食,对它说话,把它抚摸。它对别人似乎都有些畏惧,见人就惊慌地躲避，但对我十分亲热温顺，似乎已熟悉我。我压它低头，它就久久地低头；我压它蹲伏，它就久久地蹲伏，非常听话。眼睛老投注于我，好像看我还有什么吩咐。有时候发出低声的"咕咕咕"，似感激，似撒娇，又似不安地诉求什么。

为了让它生蛋，父亲以前在分饭时，总在锅里剩一口留给它，让它吃点精粮。后来，全家饿慌了，父亲就说："人还吃不饱，还管得上它！"于是就把它那一份口粮取消了。我觉得不忍心，每餐饭我都在自己的碗里留一口，去小院里拨给它。

爸爸说："你自己也没吃够，不要留给它了。"

我一声不吭端着饭碗走开去。

爸爸叹了口气："这孩子……"

最揪心的事情终于发生了。最后一只鸡也不生蛋了。那几天父母好像在悄悄议论什么，我一跑过去听，他们又不说了。我还是提心吊胆，成天警惕着大人们的一举一动，看是否有杀鸡的迹象。如果有，我一定要拼命大闹一场的。爸爸一会儿安慰我，说不会杀的；一会又说服我，说出很多人比鸡重要的道理……这些使我的心情越来越乱，也越来越沉重。

我放学回来，见小院子里空荡荡的，只剩下那个粘满糠粉的鸡食盆，而厨房里飘来一丝鸡肉的香味。我明白了。我知道我无能为力。我再也忍不住，跑到房里扑倒在床上，伤心地大哭起来。我在哭泣中突然明白了一个道理：大人们是很坏的，而我终究也要变成大人，我也会变坏。这个想法使我恐惧。

几块鸡肉被夹到我的碗里，是母亲特意留给我的。一餐又一餐,它被热了一次又一次,但我还是没有去碰它。

阅读感悟:

  这是一篇让人感到很悲哀的故事。我们国家在 20 世纪 60 年代,曾经历过怎样的灾难,很多人已经不愿再提起了。然而,一些有良知的作家,还是用自己的作品,为那个时代留下了真实的记录。在那个时代,人们无法吃饱饭,一切可以吃的东西,都会被当作食物。一个小孩子精心喂养的鸡,又怎么可能幸存下来呢?文章开头对那场饥饿的讲述,已经为"我"喂养的鸡们的悲剧命运,埋下了伏笔。文中一再写到"我"对鸡的喜爱、照顾、保护,又一次次写到鸡被杀的结局,正是希望引起人们的反思。父母是多么爱"我"啊!母亲特意把几块鸡肉留给"我",热了一次又一次。而"我"却一直不去碰它。文章的结尾,令人鼻酸。一个孩子,想要保护一只自己喜爱的鸡,那么一个卑微的愿望,都无法实现。

七

那些贫穷的人

  这世界上总有许多人生活贫穷。对贫穷不幸的人们，我们应当抱有同情与怜悯的心。而有些身处贫穷与不幸中的人，仍怀着对生活的热爱，保持着勤劳、正直、热心助人的高贵品性，是值得我们钦佩和尊敬的。

雪 夜

汪敬熙 / 著

导读:

这篇小说作于1919年,讲述了当时北京一户贫穷人家不幸的生活。他们的不幸,有社会的原因,也有个人的原因。作者汪敬熙(1893—1968),是一位小说家,后来成为一位心理学家。

十一月的一天,北京城里下大雪。清晨初落的时候,是小片;到了傍晚,便成团成球地落起来了。

后门(旧皇城北的地安门)里前厂大院有一所破房子。它的大门是掩着。门楼门墙已坍塌不堪;上面都被雪盖满了。院内只有三间北屋还有人住;然而雪压着也有要倒的样儿。北屋的门也是掩着。屋里很破烂。炕上有一盏半明不灭的灯,映着四面烟熏黑的墙,更觉得异常暗淡。灯的西面有一个男子躺在那里;就着灯吸鸦片。这个人约有四十岁,很瘦,面色黄黑,如同他屋里糊墙纸一样,盖着一床七穿八洞的薄棉被,用个钻空的罐子，上面加了根竹筒，当作烟枪，将烟火烧成泡子，按在孔上，慢慢地吸。正吸得高兴，忽然觉得天气更加寒冷，就把被子裹紧些。等了一会儿，比前更加冷了，他下了炕，寻得几个煤球放在炕炉里头；依然上炕喷云吐雾去了。

忽然大门响，接着房门一开，走入个中年妇人和个十三四岁的女孩。那男子见她们进来，便问道："今天要了几个大（大钱，当十钱）？"妇人答道："你又抽烟啦！烟从哪儿来的？""今天下半晚，我到了张总管用的王二那里，找了些烟灰来。这是云土的二灰。味儿还好。这些又够吃几天的了。"妇人听了一声不响，走到炕边，把炕炉拉出来，将午饭吃剩的白薯小米粥温在上面。

锅刚放好，她听见外面打门，立刻叫她女儿道："大妞快去开门去！你哥哥回来了。"大妞跟着她哥哥进来了。

她哥哥有十五六岁，身体短小，形容干枯。走进的时候，弯着腰，缩着头，两肩耸起，冷得口里直吁气。

他母亲见了他问道："虎儿，你收了车啦？今天剩了几个吊（十个铜板）？吃了饭没有？你喝了酒啦？"

"今天拉了七吊三，除去车费，剩了五吊三。天气太冷，喝了些酒，吃……"虎儿说着便坐在炕上了。

那男子听说喝酒便大怒，把烟枪放下，骂虎儿道："好呀！这样冷天，我在家里没有一点儿酒喝，你反倒在外头自自在在灌起来了。以后再这样办起来，还了得啦！"

虎儿的母亲向他说道："你又抱怨他了！孩子没有衣服穿，

在外面喝点酒避寒气，也不算什么，值得这么骂么？"随着又向虎儿问道："你吃的什么？"

"烙饼！一共用了……"

他父亲又骂道："更好啦！你爹妈在家里喝白薯小米粥，你在外头倒吃烙饼！好！现在你就这个样儿，再待几年，你人大，心也大了，还许把我们老两口儿赶出去呢？"

那妇人也气愤着说道："得啦！得啦！虎儿天天拉车挣了钱来养你，你还骂他。只许你整天抽大烟，不许他喝点儿酒。你想想这三年你挣到家里几个大？你不给孩子好东西吃，反教他来养你，还今天骂，明天打呢。得啦！别骂啦！"

那男子听了，便唉了一声，咕哝着说了几句，仍旧拿起烟枪，吸起来了。

妇人不理他，仍旧问虎儿要他所剩的钱。虎儿把剩的四吊钱交给他母亲，眼里含着泪，抽抽噎噎地说道："今天吃的饼太咸，忘了喝水，等到收车的时候，走到东斜街北头，渴极了，砸开马槽的冰，喝了点凉水。现在肚子很痛。"

粥开了。大家都在炕上吃。将吃完的时候，虎儿的母亲从炉上把锅拿下来。一见炉里的火小了，就找煤球。虎儿的父亲便告诉他，煤球没有了。她立刻叫大姐去买。虎儿的父亲说道："外头冷。虎儿喝了酒，叫他去！"

虎儿便拿了钱，下了炕，去开房门。房门一开，恰恰的外面一阵旋风迎着虎儿一吹，带进来了许多雪花。虎儿打了一个战，就冒着风雪出去了。屋里的人也都打了一个寒噤。虎儿的父亲便骂虎儿不小心。但是他骂的时候，虎儿已经走远了。

粥喝完以后，虎儿的母亲收拾家伙；父亲看着大妞烧烟泡。忽然听见远远的有汽车走的声音，大妞的母亲便叹道："唉！虎儿能替人管汽车，像德老三一样，我们就好了！"

大妞烧了几个烟泡；虎儿还不回来。炉里的火更暗了。大妞的母亲便叫大妞道："大妞！你快去迎一迎你哥哥。他要再不来，炉子就灭啦！"

大妞的父亲接着说："虎儿办事老是这样！可恶！"

大妞才一出门，就听见她喊："哥哥！哥哥！你怎么样啦？为什么倒在地下？你……你……你……"

屋里的两个人都吓了一跳：那妇人便连忙跳出去了；那男子仍旧自己烧烟泡儿。

这时候，外面的雪越发落得紧了！远远的又有一辆汽车呜呜地叫！

阅读感悟：

这篇小说主要写了一家四口人，每个人物的特点都很鲜明。父亲好吃懒做，又抽鸦片烟，是一个寄生虫式的人物，是整个家庭的累赘。母亲和大姐以乞讨为生，大姐却还伺候父亲吸烟土。虎儿是这个家庭的主要支柱，衣不蔽体，靠拉人力车养家糊口，却得不到家庭的关爱，最后昏倒在地。小说开头从一场雪写起，最后又在下得越来越大的雪中结束，烘托了天气的寒冷，暗示了一家人生活的艰难与悲剧的命运。"远远的又有一辆汽车呜呜地叫"和文中哪句话相对应？又有何用意呢？这是一个贫苦的人家，他们的贫穷不幸，令人悲哀同情；他们缺乏爱，又不懂得互相关怀，则让人感到愤怒和遗憾。

乞讨的小姑娘

（苏联）叶赛宁 / 著

王守仁 / 译

导读：
  一个乞讨的小姑娘，在一户富人住室的窗台下哭泣，她会得到同情和帮助吗？

  小姑娘在高宅的窗台下哭泣，
  里面传出的却是银铃般欢声笑语。
  小姑娘哭着，肃杀的秋风吹得她发抖，
  她用冻僵的小手抹着脸上的泪滴。

  她满面泪水，乞讨一小块面包，
  屈辱和不安使她变得细声细气。
  可宅里取乐的喧闹淹没了这话音，
  小姑娘站着，在嬉笑声中哭泣。

1915 年

阅读感悟：

叶赛宁（1895—1925）是苏联杰出的诗人。这首小诗，不但写出了乞讨的小姑娘生活的不幸，还表现了她的心灵所遭受的痛苦。寒冷与饥饿，使她的身体发抖，而贫穷乞讨的生活，也让她的心灵充满了屈辱和不安，变得懦弱。这让这位不幸的女孩更加令人同情。高宅里的喧闹嬉笑，淹没了小姑娘的哭泣，她的卑微的要求，也被漠视。在一哭一笑的鲜明对比中，对弱者的不幸缺乏同情心的富人们的嬉笑，就充满了罪恶，越发值得人们痛恨与谴责了。

相隔一层纸

刘半农 / 著

导读:
谁和谁,相隔一层纸?这一层纸,隔出了两个怎样的世界呢?

屋子里拢着炉火,
老爷分付开窗买水果,
说"天气不冷火太热,
别任它烤坏了我"。
屋子外躺着一个叫化子,
咬紧了牙齿对着北风喊"要死"!
可怜屋外与屋里,
相隔只有一层薄纸!

1917年10月,北京

阅读感悟：

屋里的老爷嫌炉火太热，吩咐（旧时写作"分付"）开窗买水果；而窗外的叫化子，又冷又饿，在对北风喊"要死"。屋内屋外，一富一贫，一热一冷，一享乐一受苦，被一张薄薄的窗户纸隔成了两个世界。诗人用神态、语言迥异的两个人物的生活状况的对比，揭露了社会的不平等，表达了对下层民众的同情。诗的前半部分与后半部分韵脚不同，也造成了一种对比。这首诗写于1917年的10月，是中国最早的白话诗之一。对现实生活的关注，使这首诗具有永久的生命力。

八

树木和我们的生活

  我们随时都可以看到树木的样子。它们高大或者矮小，开花或者不开花，落叶或者不落叶，安静或者随风喧哗，都那么好看。我们有时候会觉得树木很亲切，像是一个能倾听我们心声的朋友……

一个树木之家

（法）儒勒·列那尔 / 著

徐知免 / 译

导读：
列那尔（1864—1910）的童年和生命的最后十年，基本是在故乡农村度过的。这篇散文，是他三十岁前后的作品，选自他描写自然界动植物的散文集《自然纪事》。文章表现了他对一片树林的热爱。他称那片树林为一个树木的家庭。

穿越过烈日照晒下的一片平原之后，我遇到了他们。

他们因为不爱喧闹，所以不住在大路边沿。他们居住在荒芜不毛的旷野，俯临一泓唯有飞鸟才知道的清泉。

远远望过去，他们仿佛密不透风，无法进入。但等我一走近，他们的树干就豁然分开。他们谨慎地欢迎我。我可以休息，纳凉，可是我仿佛觉得他们在注视我，对我并不放心。

他们聚族而居，最年长的在中间，幼小的，其中有些柔嫩的叶片才刚刚生起，到处都是，从不分离。

他们活得很长，不易死去；即使老死的还挺立着，直至化为灰烬倒地。

他们那些修长的枝柯互相抚摸，像盲人一样，以确信大家都在。每当狂风劲吹，想把他们连根拔起，他们就张拳怒目，挥动手臂。平时他们只是和睦地轻轻细语。

我感到这里才是我真正的家。兴许我将忘记我的另一个家吧。这些树木将会逐渐接纳我，而为了配得上这份雅意，我学会了应当懂得的事：

我已经懂得凝望浮云。

我也懂得了守在原地不动。

我几乎学会了沉默。

阅读感悟：

文章一开始，列那尔就称这些生长在旷野中、一泓清泉边的树木为"他们"，将其当作有生命有情感的人来看待。文章最引人入胜的，就是拟人化的写法。作者将树木当作人来写，"他们"的动作、神情，与树木的特性是那样契合；"他们"的思想情感，则是列那尔内心世界的反映。文章的结尾，作者向树木学习的，难道不恰恰就是他崇尚的生活态度吗？列那尔的语言朴素简短，却生动传神，富有画面感和诗意，令人回味无穷。

悬崖边的树

曾 卓/著

导读:
  曾卓(1922—2002)是一位经历坎坷的诗人。当他看到一棵生长在悬崖边的树时,他的情感引起了深深的共鸣,于是写下了这首诗。

不知道是什么奇异的风
将一棵树吹到了那边——
平原的尽头
临近深谷的悬崖上

它倾听远处森林的喧哗
和深谷中小溪的歌唱
它孤独地站在那里
显得寂寞而又倔强
它的弯曲的身体

留下了风的形状

它似乎即将倾跌进深谷里

却又像是要展翅飞翔……

阅读感悟：

是什么改变了这棵树的人生？是风。风将它吹到悬崖上，把它的身体也塑造成风的形状。然而，对风的迫害与摧残，它并未屈服，孤独地站着，寂寞而又倔强。它面临着生命的威胁，看似要跌入深谷，却又不肯放弃精神的自由与尊严，像是要展翅飞翔。这首诗可以让人联想到，一个人在逆境中仍然努力保持着顽强的意志与生命的尊严。有些小诗之所以动人，是因为它是诗人用历经磨难而又绝不屈服的生命铸造成的。

冬天的树

汪曾祺 / 著

导读：
  作家为什么要写作呢？也许只是因为喜欢。有时候，他们写下一篇文章，就像画家随手描绘出一幅写生一样。不仅如此，他们甚至还要加入自己的想象……

  冬天的树，伸出细细的枝子，像一阵淡紫色的烟雾。
  冬天的树，像一些铜板蚀刻（shí kè）。
  冬天的树，简练，清楚。
  冬天的树，现出了它的全身。
  冬天的树，落尽了所有的叶子，为了不受风的摇撼。
  冬天的树，轻轻地，轻轻地呼吸着，树梢隐隐地起伏。
  冬天的树在静静地思索。
  （这是冬天了，今年真不算冷。空气有点潮湿起来，怕是要下一场小雨了吧。）

冬天的树，已经出了一些比米粒还小的芽苞，裹在黑色的鞘（qiào）壳里，偷偷地露出一点娇红。

冬天的树，很快就会吐出一朵一朵透明的、嫩绿的新叶，像一朵一朵火焰，飘动在天空中。

很快，就会满树都是繁华的、丰盛的、浓密的绿叶，在丽日和风之中，兴高采烈，大声地喧哗。

阅读感悟：

文章一开头，用两个比喻来描述冬天的树：淡紫色的烟雾、铜板蚀刻。蚀刻，是利用硝酸等化学药品的腐蚀作用，来制造铜版、锌版等印刷版的方法。有时也指用这种印刷版印成的书画。作者用蚀刻来比喻，因为那是他所熟悉的。作者笔下，冬天的树仿佛有思想，它们落叶仿佛是"为了不受风的摇撼"。作者甚至看到了树的呼吸与思索。作者用简短的句子，为冬天的树写生，还画出了它们的精神。接着，作者展开想象，写了它们春天的样子，那是因为作者在盼望春天了。这篇文章写得看似很随意（其实挺讲究），有的语句还用括弧标起来。文章像是一幅速写，让我们眼前浮现着那些树的样子。如果你喜欢身边的树木，也可以随时用文字为它们"画"一幅速写呀！

九

春之歌

春天,是一个令人喜爱的季节。天气渐渐变暖,各种花儿争相开放,各种鸟儿竞展歌喉,大自然到处一片生机。热爱春天的作家与诗人们,写下了赞美春天的散文与诗篇……

春

朱自清 / 著

导读：
  如果要我们去描写春天，该如何下笔呢？草啊，花呀，鸟啊，柳呀……处处都是春光。春天来得那么慢，等得人心急；春天又来得那么快，仿佛让人来不及欣赏。写春天，我们该从哪里着手呢？

  盼望着，盼望着，东风来了，春天的脚步近了。

  一切都像刚睡醒的样子，欣欣然张开了眼。山朗润起来了，水涨起来了，太阳的脸红起来了。

  小草偷偷地从土里钻出来，嫩嫩的，绿绿的。园子里，田野里，瞧去，一大片一大片满是的。坐着，躺着，打两个滚，踢几脚球，赛几趟跑，捉几回迷藏。风轻悄悄的，草软绵绵的。

  桃树、杏树、梨树，你不让我，我不让你，都开满了花赶趟儿。红的像火，粉的像霞，白的像雪。花里带着甜味儿；闭了眼，树上仿佛已经满是桃儿、杏儿、梨儿。花下成千成百的蜜蜂嗡嗡地闹着，大小的蝴蝶飞来飞去。野花遍地是：杂样儿，有名字的，没名字的，散在草丛里像眼睛，像星星，还眨呀眨的。

"吹面不寒杨柳风"，不错的，像母亲的手抚摸着你。风里带来些新翻的泥土的气息，混着青草味儿，还有各种花的香，都在微微润湿的空气里酝酿。鸟儿将巢安在繁花嫩叶当中，高兴起来了，呼朋引伴地卖弄清脆的喉咙，唱出宛转的曲子，与轻风流水应和着。牛背上牧童的短笛，这时候也成天嘹亮地响着。

雨是最寻常的，一下就是三两天。可别恼。看，像牛毛，像花针，像细丝，密密地斜织着，人家屋顶上全笼着一层薄烟。树叶儿却绿得发亮，小草儿也青得逼你的眼。傍晚时候，上灯了，一点点黄晕的光，烘托出一片安静而和平的夜。在乡下，小路上，石桥边，有撑起伞慢慢走着的人，地里还有工作的农民，披着蓑戴着笠。他们的房屋，稀稀疏疏的，在雨里静默着。

天上风筝渐渐多了，地上孩子也多了。城里乡下，家家户户，老老小小，也都赶趟儿似的，一个个都出来了。舒活舒活筋骨，抖擞抖擞精神，各做各的一份事儿去。"一年之计在于春"，刚起头儿，有的是工夫，有的是希望。

春天像刚落地的娃娃，从头到脚都是新的，它生长着。

春天像小姑娘，花枝招展的，笑着，走着。

春天像健壮的青年，有铁一般的胳膊和腰脚，领着我们上前去。

阅读感悟：

　　朱自清先生是位学者、散文家，更是一位诗人。诗人的眼里、心里有诗意，笔下自然也有诗意。他把美好的春天描绘成了画与诗。文章抓住春天的特征，用拟人、比喻、排比等各种修辞手法，绘就了一幅幅春草、春花、春风、春雨图，写出了人们在春天的活动与心情，表现出了一种欣欣向荣、奋发向上的精神。因为作者爱春天，所以他笔下的春处处动人，处处可爱。诗人常把春天和春天里的事物当作有感情、有生命的人来写，就让活泼泼的春天更加显得可爱。文末把春天比喻成娃娃、小姑娘和健壮的青年，表现了春天充满了希望、美和力量。作者有着丰厚的古典文学修养，用字用词十分讲究，单音词（如钻、披、戴）、叠音词（如欣欣、嫩嫩、绿绿）的使用，描形绘色，叙事抒情，使得每一个句子都音韵和谐、形象贴切、优美动人。这些都让这篇写春的散文，成为世界文学经典中的经典。

春将至

(日) 井上靖 / 著

李 芒 / 译

导读：

井上靖是20世纪的日本作家，一生创作了多部中国古典题材的历史小说，为中日文化交流做出过贡献。这篇散文表现了他对春天的渴盼。对气候与植物的细致观察与敏锐感受，显示了作者对自然的热爱。

过了年，把贺年片整理完毕，就会感到春天即将来临的那种望春的心情抬起头来。

翻看年历，方知小寒是一月六日，一月二十一日为大寒。一年中，这时期寒气最为凛冽。实际上日本列岛的北侧正被厚厚的积雪覆盖着，南半部的天空也多是呈现着欲降白雪的灰色。当然也有时遍洒新春的阳光，却不会持久，灰色天空即刻就会回来，寒气也相随而至，不几天即将降雪吧。

严冬季节，寒气袭人，理所当然；在这种情况中等待春天的心情，是任何人都会产生的。不光是住在无雪的东京和大阪，即便是北海道和东北一带雪国的人们，依然是没有两样的。总之，生活在全被寒流覆盖着的日本列岛的一切人，不管有雪，抑或是无雪的地方，只要新年一过，都会感到春日的临近，而等待着春天。

我喜爱这种等待春天的心境。住在东京的我，尽管是很少，但也能捕捉到一点春天的信息。今晨，从写作间走下庭院中去，只见一棵红梅和另一棵白梅的枝上长满牙签尖端般小而硬的蓓蕾。

我的幼年在伊豆半岛的山村度过，家乡的庭院多梅树，初春季节齐放白英。没有樱树，也没有桃树，只种了一片小小的梅林。也许是由于幼年时代熟悉梅树，直到过了半个世纪的现在，依然喜爱梅花。梅花，对于我，已经成为特殊的花。

如今，故乡家院里的梅树减少了，而且年老了，已经看不到幼年时代那种纯白的花朵。即便同是昔日的白花，却略含黄色，并不像《万叶集》和歌中吟咏的酷似雪花的那样洁白了。

　　今朝春雪降，洁白似云霞；
　　梅傲严冬尽，竞相绽白花。

　　犹如观白雪，缓缓降天涯；
　　朵朵频飞落，不知是何花。

前一首的作者是大伴家持,后者是骏河采女。读了这类和歌,那种纯白的沁人心脾的白梅,立刻就会浮现于眼帘。

故里家中的梅树都已枯老,但东京书斋旁的唯一的一株白梅,却尚年轻,因而花是纯白的。梅树过早地长出坚硬的小蓓蕾,这个季节可还没着花。正是在这尚未着花的时刻,自然地培育着一种望春的心情吧。水仙的黄花,山茶的红花,恐怕是这个季节屈指可数的花朵了。

去岁之暮接近年关的时候,我瞻仰桂离宫,广阔的庭园里也未看到花开,只见落霜红和朱砂根的蓓蕾,在广阔庭园的角落里,隐约地闪烁着动人的红光。这个季节,仿佛是树木的蓓蕾代替花朵炫耀着自己的地位。

　　乘此雪将融,会当山里行;
　　且赏野桔果,光泽正莹莹。

这也是大伴家持的歌。野桔即是紫金牛,我觉得紫金牛的红色小蓓蕾映衬着皑皑白雪的光景,也许确实具有踏雪前去观赏的价值哩。

前面讲过,我喜爱这种在几乎无花的严冬季节等待春天的心情。每日清晨,坐在写作间前廊子的藤椅上,总是发觉自己沉浸在这样的情致之中。眼下还是颗颗坚硬的小蓓蕾,却在一点点长大,直到那繁枝上凛然绽满白花,这种等待春天的情致始终孕育在心的深处。

我出国旅行，总是初夏或仲秋季节回来。当然，也并非出于什么理由做了这样的决定，而是自然而然地形成的结果。然而，如今却想在什么时候，在那春天已经有了信息却难于降临的二月底或三月初，结束国外旅行，重踏日本的土地。那时，我想一定会深刻地感受到日本节气变化的微妙，和随之改换面貌的日本这一季节景物的细致美。

然而，这种等待春天的一、二、三月期间，大气中的自然运行，却是非常复杂微妙，春天绝不是顺顺当当地走向前来的。

小寒、大寒，大致都是一月初或月中，因此，新春一月便是一年中最冷的时节，一直要持续到二月四日的立春时分。当然，这不过是历书上的事，实际上也并不如此规规矩矩。有时小寒比大寒还冷，又有时大小寒都不那么冷，等到二月立春之后，才真正冷上一阵子。不，与其说冷上一阵子，毋宁说这种情形居多。

但是，尽管只是历书上写着，立春这个词也蕴含着一种难以言状的明朗性。过了年，春天就近了；春天近了，等待春天到来的心情便活跃起来。历书上的立春，使人怀起一种期待：这回春天可真要来了！

实际上，春天总是姗姗来迟，寒冬依然漫长，然而，千真万确，春天正在一步步走近，只是很难看到它会加快步子罢了。这种春日来临的步调，恐怕是日本独有的；似乎很不准确，实际上却准确得出乎意料。

人们都把立春后的寒冷叫作余寒，实际上远远不是称为余寒的一般寒冷。这时期，既会降雪，一年中最冷的寒气也会袭来。然而，即便是这种寒气，等一近三月，便一点一点地减轻，简直是人们既有所感，又无察觉的程度。

不过，即便进了三月，春天依然没有露面。只是弄好了，阳光、天色和树木的姿容，会不觉间给人以早春的感觉，余寒会变成名副其实的春寒。这样，与此同时，连那些从天上降下的东西，那种降落的样子，也会多少发生些变化。那就是"春雪""淡雪"和"春霰"。总之，春寒会千方百计改变着态度，时而露出面孔来，时而又把身子缩了回去。

在这样的三月里，有一次寒流袭击了日本列岛的中部，正是三月十三日奈良举行汲水活动的当口。近畿一带，奇怪的是这时节却受到寒流的洗礼。也正在此时，我在东京的家，三月初开始着花的白梅达到盛开时分。每年，当我望见白梅盛开，便又一度想到历书上的记载。于是发现，大抵上相当于汲水日，或在其以前以后两三天，并且就在两三天里气温下降，十分寒冷。我的眼前浮现出在奈良古寺的殿堂里，松枝火炬照亮黑暗的情景。看来，也许并非照亮了黑暗，而是照亮了寒流。这时节的春寒，确实是不容怀疑的。

白梅是在汲水时节盛开，红梅却只乍开三分。白梅在三月末凋零殆尽，红梅却进了四月还多是保存着凋余的疏花。在那白梅开始凋落的时分，杏花和李花就开始着花，好不容易春天才正式来到人间。

然而，三月末，或是四月初，我家的红梅繁花正盛的时节，还要再来一次寒流。那正是比良湾风浪滔滔的季节。自古以来，就流传着比良大明神修讲《法华经》之时，琵琶湖便风涛大作，寒气袭来。实际上，这时节京都和大阪还要经受一次最后的寒流袭击。不只是京阪一带，东京也是如此。

　　这样，与杏、李大致同时，桃树也开始着花。杏树的花期较短。刚刚看到开了花，一夜春风就会吹得落英缤纷，或是小鸟光临，刹时变成光秃秃的。李花虽不像杏花那样来去匆匆，但也是短命的。比较起来，依然是桃花生命力强，一直开到樱花换班的时节。

　　今年恐怕也与往年相似，一、二、三月之间，寒流会在日本列岛来来往往，梅树的蓓蕾就在这中间一点点长大吧。日本的大自然，在为春天做准备的夹当，既十分复杂，又朝三暮四；但是总的看来，恐怕也还是呈现着一种严格地遵循既定规律的动向。梅、杏、李、桃、樱，都在各自等待时机，准确地出场到春天的舞台上来。

阅读感悟：

  本文与许多描写、歌颂春天的散文不同，作者的目的不在于描绘美丽的春天景色，而是想要表达一种早春时微妙的心境，那种盼望和等待春天到来的喜悦——望春的心情。精微的观察与敏锐的感受力，将这种"春将至"时的微妙心境细腻地传达出来。作者从梅树上"小而硬的蓓蕾"，想到春将至。作者回忆故乡的梅花，引用《万叶集》中的和歌，都是为了表现这种望春的心情。春天的到来，与寒冬的离去，看上去都很缓慢，在这种冷暖的反复与交替中，作者用敏感的心灵感受着微妙的春意。这种享受期盼的过程，可以让我们想到人生中许多美好的期盼与等待。由此看来，这倒更像是一篇蕴含着生活哲理的美文。

纯金难留

(美)弗罗斯特 / 著

飞 白 / 译

导读:
纯金难留,这纯金是什么?为什么难留?美国大诗人弗罗斯特这首短诗,将为我们提供一个美妙的答案。

自然的新绿是纯金,
她这种色彩最难保存。
她的新叶像一朵花;
但只能持续一刹那。
然后就还原成为叶片,
乐园就这样沉入哀愁,
曙光就这样堕入白昼,
凡是纯金都难留。

阅读感悟：

　　这是一首歌颂春天的诗，同时也是一首表现青春短暂的诗。诗人把自然的新绿比作黄金，的确，许多新叶的颜色鲜嫩、金黄，犹如黄金。新叶的样子，像花一样美丽。可惜，它的鲜嫩无法持久，转眼就长成了叶片。在诗人看来，新春的乐园转眼间消失了，就像黎明时分灿烂美丽的曙光，在白天到来时消散无影。于是，诗人说：凡是纯金都难留。

　　我们读完这首诗才会发现，诗人所说的纯金，其实是新叶一样易逝的青春和时间。这诗在提醒我们：真正的春天和青春一样，是极其短暂的。我们要珍惜那像纯金一样宝贵的时光。

春天

叶圣陶 / 著

导读：
  我们从朱自清先生的散文《春》里，看到的春天是一种样子，而在叶圣陶先生的笔下，春天却是另一种样子……

  太阳光从窗外射进来。在光当中，看得见极细的尘屑在那里浮动。一股暖气熏得我周身舒服；过了一会儿，竟觉得热烘烘了。

  一阵清香拂过我的鼻头边。摆在桌子上的一盆兰花有三朵开了。碧绿的花瓣，白地红斑、舌头一般的花蕊，怪有趣的。兰叶的影子描在白墙头上，就同画幅上画着的一般。

  我走到庭前。看见阶石旁边的一个泥洞里出来三个蚂蚁。它们慢慢地前进，走了一段俨停一停，仿佛在那里探路。又有一个蚂蚁出来了。它独自爬上阶石，在太阳光中急速地前进。

  什么地方传来蜂儿嗡嗡的声音？我抬起头来寻，寻不见。

可是听到了这声音,就仿佛看见了红红白白、如山如海的花。

我走出了大门。细细的柳条上,不知什么时候染上了嫩黄色。仔细看去,说它嫩黄也不对,竟是异样可爱的绿。轻轻的风把柳条的下梢一顺地托起,一会儿便又默默地垂下了。

柳树下的池塘里,鱼儿好快乐呀!成群地游到这边,游到那边。白云、青空以及柳树的影子,都在水中轻轻地荡漾。一幅活动的画图!

我深深地吸了一口气,不自主地说:"完全是春天了!"

阅读感悟:

这篇散文描述的,是叶圣陶先生所感受到、想象到的春天。阳光变暖了,兰花开了,蚂蚁开始活动,可以听见蜜蜂飞翔的嗡嗡声,柳条吐绿了,鱼儿欢快地游着,水中映着一幅活动的画图,这一切,都在提醒我们,春天已经来了。假使你无法用诗一样的文字,写出朱自清先生笔下那样的春天,那么,是否可以试着像叶圣陶先生一样,写一写自己感受到、闻到、看到、听到、想到的春天呢?

后　记

这套书，从着手编选、点评，到终于出版，十年过去了。

2008年春，我在《小学生作文选刊》杂志任执行主编，发起了一场主题为"幸福阅读，快乐作文"的全国优秀儿童文学作家河南校园行系列活动。曹文轩先生是活动邀请的首位作家。

活动间隙，散步在郑州外国语中学蔷薇花盛开的围墙边，曹先生提议我来协助他，为小学生编选一套语文读本。我们希望借由这套书，让孩子们通过阅读经典的、格调优美、语言纯正的作品，形成优美的语感，培养美好的情操，领悟阅读与作文的有效方法，能够运用优雅得体的语言进行交流和表达。

编写体例确定后，我们邀请了特级教师岳乃红、诗人丁云两位老师参与。我们认真工作，这套书稿在2010年基本完工。期间，曹先生多次对书稿进行审阅，并提出修改意见。曹先生教学、写作、社会活动任务异常繁重，但却总保持着波澜不惊的淡定与从容，总是面带微笑，谦和、儒雅而亲切。先生细心审阅书稿，并热心介绍出版社，十分关心这套书的出版。

2012年春，我的工作起了变化。我辞去编辑工作，创办了语文私塾——文心书馆，陪小学生学习汉字、读书和作文。我将这套书中的选文与孩子们分享，并邀请几位语文教师把部分篇目引入课堂，不断对书稿进行加工和完善。几年又过去了，它渐渐成了今天的样子。

古人有"十年磨一剑"的诗句，我们虽然有足够的热情和定力，想要把这套书编好，却丝毫不敢自夸它已经足够完美。这套书就要出版了，首先要衷心地感谢曹文轩先生的编写提议与全程指导，感谢每一位原作者、译者为读者奉献了如此优秀的作品，感谢曾参与这套书编选的每一位老师。

在编选这套书的过程中，我们得到了许多作家师友的热情帮助。蒙作者慨允，书中大部分作品都已获得出版授权。部分作者因无法取得联系，稿酬已委托中国文字著作权协会转付，敬请相关著作权人与之联系。电话：010-65978917；传真：010-65978926；E-mail: wenzhuxie@126.com，也可发送邮件至 sjygbook@163.com，以便我们及时奉上稿酬及样书。

希望这套书能够赢得全国小学生读者的喜欢！

袁 勇

2018年5月15日于文心书馆